ars vivendi

helwig arenz

der böse nik

roman

ars vivendi

1. Auflage Oktober 2014

www.arsvivendi.com

Lektorat: Stefan Imhof
Umschlaggestaltung: ars vivendi verlag
unter Verwendung eines Fotos von
© plainpicture/Millennium/Kayla Stoate
Druck: CPI Ebner & Spiegel, Ulm
Printed in Germany

ISBN 978-3-86913-462-8

Der böse Nik

Dem Stumpfhof gewidmet

Prolog. Oder: In die Ferien!

Ich erwache aus dem Matsch irgendeiner pathetischen Scheiße, die ich geträumt habe. Gefangen auf dem Rücksitz eines Autos. Eingeklemmt zwischen Menschen, leblosen Lappen. Das Auto ist zu klein und wird von Kilometer zu Kilometer, den es panisch in den Süden rast, kleiner. Ab jetzt habe ich viel Zeit, um nachzudenken.

Was ich erzähle, ist Lauris und meine Geschichte. Wir haben eine Zeit lang zusammengewohnt. Aber zusammen trifft es nicht ganz. Denn da war eine Tür zwischen uns. Eine blaue Tür, die uns getrennt hat wie ein Staudamm. Auf der einen Seite ich, in einem Ozean voller reiner, selbstloser Liebe. Auf der anderen sie, in einem Inferno der Sehnsucht – und Gabriel, ein verstiegener, kleinlicher Diktator, der an ihr zerrt, während sie darin verbrennt. In ihre Asche schreibe ich meinen Namen. Ich heiße Nik. Mein Leben gehört nicht mehr mir selbst, und wie das kam – ja, daran versuche ich mich zu erinnern.

Wie wir Gabi den Hof machten

Jetzt muss ich mal erklären, wie wir da lebten. Wir hatten ein ganzes Haus für uns. Na ja, eigentlich waren es drei Häuser, aber ganz war da nichts. Durch ein rostiges Tor an der Straße führte eine holperige Einfahrt zum Hof. Rechts vom Weg war ein halb vertrockneter Karpfenteich, links zog sich ein Streifen Wildnis um den Hof herum. Dieses Gestrüpp war eine schöne Schutzmauer, denn dort war es derart vermüllt, verwachsen und sumpfig, dass sich niemand reinwagte, nicht mal die Katzen. Hinter dem Weg lagen die drei Gebäude – eines zum Wohnen, eine Scheune und eines, in das man nicht hineindurfte, das aber voller Schätze war: verschimmelte Stoffballen, rostiges Werkzeug, Stühle, Kartons. In einem Winter war das Dach einfach heruntergebrochen und hatte den ersten Stock mitgerissen. Seitdem war es verboten, sich in der Ruine rumzutreiben. Ein idealer Ort, wenn man ungestört sein oder etwas nicht mit den anderen teilen wollte. Dort, wo wir schliefen, hatten wir rostrotes Wasser, nur ein Klo ohne Tür, und die Heizung fiel aus, wenn es kalt wurde. Gabriel ließ uns da für lau wohnen. Wir mussten nur ein bisschen renovieren helfen als Gegenleistung. Doch die Ergebnisse waren mager. Keiner von uns war es gewohnt, eine Arbeit länger als fünfzehn Minuten konzentriert auszuführen. Also schoben wir weiterhin das alte Wellblech vor das Klo, wenn wir ungestört scheißen wollten, und klebten im Winter die Fenster zu.

Es strandeten immer wieder die unterschiedlichsten Leute auf Gabis Hof. Aber so richtig da gelebt – ich meine, was die Geschichte angeht – haben nur wir fünf. Tommi L und ich. Die Französin. Gabi selbst natürlich – irgendwie. Und seine Freundin Lauri. Gabi hatte den Hof gekauft und uns einen nach dem anderen von der Straße aufgelesen und mitgenommen. Wie Puppen für seine Puppenstube. Aber die Puppen waren mindestens genauso angeschlagen wie ihr neues Zuhause.

Lauri und ich hatten uns noch nicht mal richtig aneinander gewöhnt, als Tommi L dazukam. Wir saßen in der Küche herum. Der Riesenkerl mit dem Babygesicht drehte mir den Rücken zu und tat so, als würde er nachdenken, aber in Wirklichkeit übte er, Zigaretten zu drehen. Was jämmerlich war, weil er es nicht konnte. Wenn man ihm zusah und ab und zu eine Bemerkung fallen ließ, wurde er zittrig und sauer, das war noch lustiger.

Vor Tommi Ls Einzug waren wir nie einfach so in der Küche herumgesessen. Aber auf einmal waren wir zu dritt, und es war nicht mehr so komisch und verfänglich und es fiel nicht mehr so auf, wenn man nichts zu sagen hatte.

Wir sagten zwar immer noch nicht viel, und das Licht war kaputt, weil Wasser in die Elektrik getropft war, aber das machte nichts. Vorher war Lauri immer wie ein Geist gewesen. Schlich auf Zehenspitzen durchs Haus und erschrak, wenn man sie ansprach. Also hab ich meine Zeit damit verbracht, sie anzugucken. Warum Gabi sie anfangs bei uns hat wohnen lassen, ist mir nie so recht klar geworden. Aber ich vermute, das war so ein Gemeinschaftsding von ihm. Als Tommi L dann zu uns stieß, wurde es normaler. Aber wenn er die Tür offen ließ, stank der ganze Flur nach seinem Zimmer. Lauri konnte das nicht ertragen und wollte woandershin. Platz hatten wir ja genug, nachdem ich einen von den Hippies rausgeekelt hatte, ich weiß nicht mal mehr seinen Namen, so schnell ist der verschwunden. Ich glaube, er hatte sich vor der Polizei verstecken müssen. Von dem war nichts übrig außer dem Stroh, das er auf den Estrich in seinem Zimmer gestreut hatte, weil er es nicht ertragen konnte, wie ein normaler Mensch auf einem Stuhl zu sitzen. Da wollte Lauri hin.

»Man sieht auf die Bäume«, war ihr einziger Kommentar an dem Tag gewesen. Aber in dem Strohzimmer zog es irgendwann so durch das Fenster, dass wir eine Matratze davorkleben mussten. Das war ihr zu dunkel, und sie ist ganz still geworden, also ging es wieder ein Zimmer weiter. Gabi hat das Spiel dann beendet und sie zu sich in die Einliegerwohnung geholt, aber das war erst später.

Tommi L warf wütend irgendetwas hinter den Heizkörper, drehte sich um und schlich in Richtung meiner Filterzigaretten. Da flog die Tür auf. Lauri kam hereingestürmt. Hinter ihr Gabi. Ich erkannte sie erst kaum. Weil sie so strahlte und uns in die Augen leuchtete. Irgendetwas stach mich. Eine Mischung aus Wut und Geilheit.

»Lasst doch die Tür in den Angeln«, schrie ich die beiden an, etwas zu grob, ich weiß auch nicht, wieso. Dann war es vorbei: Sie setzte sich, sagte nichts, wurde still. Gabi trat vor und redete für sie, als wäre er ihr Vormund oder so.

Sie saß auf dem Stuhl, er stand neben ihr und hatte die Hand auf ihrer Schulter. So erzählte er es uns: Irgendwas mit dem Jugendamt. Lauri hat eine Tochter. Die kriegt sie jetzt vielleicht zurück.

»Du hast ne Tochter?«, fragte Tommi L und verstand die Welt nicht mehr.

»Die Leute müssen wir leider zu uns auf den Hof lassen«, erklärte Gabi. »Tommi, Nik, also da wird jemand kommen und mal nachschauen, ob wir auch richtige, nützliche Menschen sind, ja? Jemand ganz Befugtes.«

»Wir können ja so tun«, schlug ich vor und grinste schief.

»Mensch!«, wetterte er los. »Das machen wir nicht! So tun, das haben wir nicht nötig!«

Zum Wettern brauchte er seine Hände. Das gefiel mir, denn dann konnten sie nicht mehr auf Lauris Schulter liegen. Das freute mich.

»Du bist doch ein ganz nützlicher Mensch. Das kannst du ja mal rauskehren. Und Tommi auch. Apropos rauskehren. Morgen fangen wir an, hier klar Schiff zu machen. Die Klotür, die Hygiene in der Küche, ein paar Sachen draußen. Es gibt da ein paar Auflagen, die die abhaken wollen.«

»Ach, du willst, dass wir arbeiten. Sag das doch gleich! Musst doch nicht über nützliche Menschen sprechen. Das verstehen wir nicht«, lachte ich ihn an.

»Nik, du bist so ein humorvoller Mensch. Das macht mir Hoffnung«, antwortete Gabriel und schien sich zu freuen. Irgendwie hatte er nicht begriffen, dass ich keinen Witz gemacht hatte. Aber Lauri hob den Kopf. Sie lächelte mich schelmisch an.

Im Zimmer war es inzwischen grau geworden. Die Dämmerung versuchte Lauri unsichtbar zu machen. Aber diesmal nicht, das wollte ich nicht zulassen.

»Du siehst ziemlich glücklich aus«, sagte ich einfach so in ihre Richtung.

»Kannst du doch gar nicht sehen!«, antwortete sie. Tommi L wollte uns Licht machen, aber wir ließen ihn nicht. Er setzte sich und zündete seine krumme Selbstgedrehte an. Irgendwann ging Lauri zu ihm hin und nahm auch einen Zug. Dann reichte sie mir die Zigarette. Im Aufglühen konnte ich in ihre Augen sehen. Ich war Tommi L plötzlich recht dankbar für dieses schiefe, lose Teil.

Am nächsten Tag waren wir mit Gabriel draußen auf dem Hof. Er zeigte uns, was er vorhatte. Was gemacht werden musste, war uns selbst klar, aber er ließ es sich nicht nehmen, uns bei der Gelegenheit einen Vortrag zu halten.

»O. k., Gabi. Wir putzen hier die ganze Asozialität weg und nageln eine Tür vors Klo. Um die Ruine wickeln wir Kinderabsperrband und machen den Abwasch. Aber was willst du jetzt hier draußen von uns?«, fragte ich mal nach.

»Ihr sollt hier nicht einfach nur hausen, ihr sollt euch mal umschauen und selber auf ne Idee kommen. Was seht ihr?«, rief er und lachte und strahlte dabei.

»Drei verschimmelte Häuser«, antwortete ich, und Tommi L nickte. Gabriel aber sah etwas anderes. Wir standen vor der Scheune, und er redete unaufhörlich von Sonnenkollektoren und Trinkwasserversorgung. Er schwärmte von irgendeiner Art Unabhängigkeit, die wir nicht nachvollziehen konnten. Ich erinnere mich nicht mehr, was genau er sagte, aber es kam mir im Nachhinein doch recht absurd vor. Ich nickte und warf ab und zu mal was Unverbindliches ein wie: »Ja klar, neue Treppe hier wär toll.«

Vor Gabriels innerem Auge entstand gerade irgendetwas, das für uns ziemlich viel Arbeit bedeutete. Vor meins schlich sich eine Erinnerung. Der Betonboden war überall aufgebrochen, Gestrüpp wuchs hindurch.

Hinten standen die beiden Autowracks wie ein blindes altes Paar. Ein paar zersplitterte Paletten lehnten an den Türöffnungen. Mitten aus dem Steinboden wuchs ein hoher Busch, so eine Art Flieder mit lila Dolden. Da hatte ich sie mal stehen sehen. Sie hatte die Augen geschlossen und die Nase mitten hinein in dieses kitzelige Nest aus Duft und Staub gereckt. Ihr Körper hatte sich ein ganz klein bisschen auf die Zehenspitzen gehoben, und so wiegte sie hin und her, um das Gleichgewicht zu halten. Ich konnte mich nicht entscheiden, was ich lieber wollte: ihr auf den Hintern hauen oder mich anschleichen und mich mit meinem Mund leise und heimlich gegen ihre Lippen lehnen. Ich tat gar nichts, stand nur da und machte ein kleines Loch in meine Lebenszeit. Die beiden blinden Autos grinsten zahnlos und gutmütig zu uns herüber.

»Sonnenkollektoren! Sonnenkollektoren!«, rief Gabriel nun und schaute auf die bröseligen Ziegeldächer. Ich dachte an eine ganz andere Art, Licht in Energie umzuwandeln – es hatte mit dem Seeufer, Sonnencreme und Frauenkörpern zu tun.

Gabi kam gerade in Fahrt, Tommi L lief ihm zu langsam, und so trieb er uns immer weiter über das Gelände. Komisch, in seiner Welt bedeutete alles immer mehr, als es war.

»Das Gewächshaus hier, wenn man das wieder herrichtet!« Dadrinnen würde dann nicht nur Gemüse wachsen, sondern auch gleich ein neues Bewusstsein. Es hatte mit der Gesellschaft zu tun. Mit Transportwegen, Bioetikettenschwindel und miesen Bedingungen für Gastarbeiter. Ich sah nur eine fette rote Tomate vor mir. Als wären Supermärkte nie erfunden worden! Tommi Ls Gesichtsausdruck wurde immer leerer. Er konnte sich nicht so recht entscheiden, ob er wütend werden oder einfach tot umfallen sollte. Ich versuchte mich auf irgendetwas anderes zu konzentrieren. Vielleicht auf die weißen Haare an Gabis Ohren, hoffentlich hatte ich solche nicht, ich fasste mir gleich mal an den Kopf.

»Was?« – Jetzt hatte er mich irgendetwas gefragt. Mist, ich hatte nicht zugehört.

»Sicher«, antwortete ich ins Blaue hinein. »Mit ein bisschen gutem Willen geht das schon. Das kriegen wir schon gebacken!« Gabriel sah mich kurz irritiert an. Tommi L feixte im Hintergrund. Wir ließen noch die Scheune und die Einfahrt über uns ergehen. Dann erlöste uns Lauris Stimme. Sie schrie etwas aus dem Fenster der Einliegerwohnung. Schreien hatte ich sie auch noch nie gehört, glaubte ich mich zu erinnern. Sie war wie ausgewechselt, seit ihr eine zweite Chance mit ihrer Tochter in Aussicht gestellt worden war. Während Gabi den Weg zurück zum Haus lief, bekam ich das Gefühl, es könnte endlich klappen. Wenn das alles wie ein Wunder auf Lauri wirkte, warum dann nicht das Wunder selbst in die Hand nehmen? Für jeden Nagel, den ich mit Gabis Hammer hier in die Balken treibe, ein paar Zentimeter näher zu diesem lebenden Rätsel von Frau. Unter die gewebten Schichten, unter die gewachsenen, unter die Knochen. Ich rammte meine Faust gegen einen morschen Pfosten am Wegrand.

»Wo bist du denn gerade?«, fragte mich Tommi L.

»Hab nur nachgedacht.« Ich lächelte. »Tommi«, sagte ich, »ich habe da was gesehen. In der Stadt.« Und dann versuchte ich ihn ein wenig anzufixen. Erzählte ihm davon, dass der alte Baumarkt hinter dem Bahnhof ja abgebrannt war. Das war in der Zeitung gestanden. Das hatten wir alle mitgekriegt. Jetzt wollten sie einen neuen aufbauen. Hinten im Industriegebiet, die Halle hatten sie schon hochgezogen, in weniger als vier Wochen. Das Ding sollte jetzt so schnell wie möglich eröffnet werden, und dafür suchten sie Leute, die einräumen halfen. Regale aufbauen, einschlichten.

»Die fragen nicht lang nach, die gucken auch nicht auf deine Papiere«, machte ich Tommi L Mut. »Schau, wir könnten dann vielleicht Sachen abstauben oder billiger kriegen. Du hättest was in der Kasse, und wir müssten nicht vor jedem Scheißbier rechnen gehen.« Tommi L schien noch unschlüssig. »Wenn du hier nur herumsitzt, kriegst du doch die Krise. Außerdem kannst du ein bisschen bei Gabi und Lauri punkten«, drängte ich weiter.

»Nik«, wandte Tommi L ein, »wenn der Job so toll ist, warum machst du es dann nicht?«

Ich hielt inne, seufzte und sah zu Boden. »Du kapierst gar nichts«, sagte ich. »Tommi, das ist nichts für jemanden wie mich. Ich mach meinen Teil hier. Ich halt dir Gabi vom Leib. Ich denk mir Sachen für uns aus.« Dass ich wenig Lust hatte, mich da draußen bei Tageslicht blicken zu lassen, konnte ich Tommi L nicht so gut erklären.

»Passt schon, Nik«, sagte Tommi L nach einer Weile und legte mir die Hand auf die Schulter. »Ist schon gut, ich seh es mir mal an.«

Weil Gabi abends noch einmal bei uns in der Küche vorbeischaute und ankündigte, den abgebrochenen Rundgang morgen fortzusetzen, mussten Tommi L und ich später doch noch mal raus.

»Wo ist diese Scheißtasche?«, fluchte ich. »Halt deine Taschenlampe höher!«, fuhr ich Tommi L an, der wirkte, als sei er kurz vorm Einschlafen. Ich durchwühlte die

Kartons im Keller. Beim Auszug der Hippies hatte ich manchmal die ein oder andere Kiste verschwinden lassen, wenn ich was Brauchbares drin vermutet hatte. Irgendwo waren doch diese Dosen gewesen!

»Was machen wir?«, fragte Tommi L. Er klang uninteressiert.

»Hast du irgendwas genommen?«, fragte ich ihn. Er hatte. Aber das war jetzt egal, ich würde ihn schon wieder wachkriegen. »Die Führung morgen«, rief ich. »Mit Gabriel.«

»Und was ist damit?«, maulte Tommi L unwillig.

»Er sieht doch immer Sachen, die kein anderer sieht. Das kann er haben. Wir machen Graffiti.«

Nachts sprühten wir hinter die Tür zum zukünftigen natürlichen Kühlkeller, unter den visionären Carport mit fiktiven Solarzellen und vor den ungegrabenen Brunnen zur autarken Wasserversorgung Hakenkreuze und Schwänze.

»Müssen die Hippies gewesen sein«, sagte Tommi L am nächsten Tag achselzuckend zu Gabriel.

Flaschengeist

Es waren Tage voller Überraschungen. Seit Tommi L im Baumarkt arbeitete, fluchte er zwar den ganzen Abend über seinen Chef, wirkte aber wie ausgewechselt. Man konnte viel mehr mit ihm anfangen. Ich machte mich auf dem Hof nützlich, indem ich Eisenschrott zusammensuchte, von dem es auf dem Gelände einen Haufen gab. Den fuhr ich zu einem Schrotthändler, der mit Gabriel befreundet war. Gabriel traute mir. Gabriel freute sich. Ich konnte es in seinem Gesicht lesen, wenn er bei uns vorbeischaute. Er war zufrieden: Aus seinen Schützlingen waren Nützlinge geworden. Tommi L machte am Wochenende irgendwelche Schreinerarbeiten zu Hause. Ich riss mir Metallsplitter in die Finger. Lauri putzte und strich. Aber wegen Gabis ekelhafter Zufriedenheit brachte ich es nicht fertig, das gesamte Metall zu seinem Kumpel zu fahren. Ich klapperte auf dem Weg die Schrottplätze ab und verdiente mir so ein kleines Zubrot.

In der Sekunde, in der Gabriels Wagen hinter der Hügelkuppe verschwunden war, ließen wir den Hammer fallen. Tommi L meldete sich sofort bei der Arbeit krank, und wir kauften Bier. Meistens zog sich Lauri dann ein wenig zurück – aber diesmal nicht.

Sie hatte mit uns gefeiert, wir hatten gelacht und geschrien. Es war schon fast wieder Morgen. Tommi L war auf seinem Sessel eingeschlafen. Er zuckte ab und zu wie ein träumender Hund. Lauri hatte schon mindestens seit einer Stunde nichts mehr gesagt. Aber es war mir nicht aufgefallen. Ich hielt mir eine Flasche vor die Augen und versuchte ihr Gesicht darin einzufangen. Es war grün und etwas verzogen. In mein Starren hinein hob sie plötzlich den verschwitzten Haarschopf vom Tisch, und ihre Augen brauchten eine Weile, bis sie mich gefunden hatten.

Der seltsame Mund in dem Glas öffnete sich, und ich hörte eine Stimme: »Gabriel kommt erst in vier Stunden zurück.« Von dem Satz drang nur ein Name in mein Gehirn, den ich nicht hören wollte, und keine Empfindung konnte sich aufraffen, jetzt noch irgendwas in mir aufzuwühlen. Das Gesicht in der Flasche zwinkerte mir zu. Dann lachte Lauri wild und schrill. Die Flasche fiel mir aus der Hand und schepperte zu Boden. Tommi L grunzte.

Erst am nächsten Tag erinnerte ich mich plötzlich an diesen Satz. Aber da stand Gabis Wagen schon längst wieder auf seinem Parkplatz im Hof, und Lauri war bei ihm. Sie hatte einfach mit uns getrunken!

Ich tat etwas für sie. Und sie gab mir was zurück. Also wollte ich mehr tun. Ich ging zu Tommi L, um mit ihm endlich das Klo zu machen, da war er schon längst an der Arbeit. Er kniete auf dem Boden herum und maß und riss an. Ich half ihm eine Weile, aber ich konnte nicht klar denken, hatte wahrscheinlich immer noch Alkohol im Blut. Als ich Tommi L dann die Arbeit versaute, weil ich falsch gemessen hatte, wurde er ein bisschen maulig. Er machte den ganzen Rest allein, und ich sah zu und staunte, was er alles konnte.

»Das sieht ja aus, als hättest du das gelernt«, meinte ich.

»Hab ich auch«, antwortete er.

»Du hast was gelernt?«, fragte ich. »Wann denn?«

Tommi L hatte seine Lehre leider im Knast nicht fertig machen können, aber dafür hatte er da andere nützliche Sachen beigebracht bekommen. Immerhin, für die Türen und Fenster, die wir basteln wollten, würde es reichen. Er zog mich in sein Zimmer und wies auf ein niedriges Regal voller Schallplatten.

»Hab ich gemacht«, sagte er stolz. Daneben stand eine Stereoanlage aus gebürstetem Metall, mit Verstärker und allem.

»Ist das deine ganze Musik? Wo hast du die Boxen her?«, fragte ich ihn.

»Aus der Ruine. Die gingen noch. Musste nur Kabel kaufen«, erklärte er. Kurz darauf saß ich mit Tommi L auf dem Boden seines Zimmers. Den Rest des Abends zog er begeistert eine Platte nach der anderen heraus und erzählte und erzählte. Am Anfang hatte er geleugnet, dass es seine Musik war, aber es war natürlich seine. Er kannte jeden Titel auswendig und wusste genau, wo welches Album stand.

»Leg doch auf«, rief ich.

»Soll ich wirklich?«, fragte er, aber da lag die erste Scheibe schon auf dem Teller. Von den meisten Sachen, die er mir vorspielte, hatte ich noch nie etwas gehört. Die Namen und Jahreszahlen, die er herunterratterte, vergaß ich sofort wieder, aber die Musik sagte mir was. Irgendetwas sagte sie mir; und auch wenn ich keine Ahnung hatte, was, hörte ich die ganze Zeit zu.

Die Frau auf der Planke

Eines Morgens trugen Tommi L und ich ein paar Planken von der Straße zum Haus. Die hatten wir auf einer Baustelle aufgetrieben, Tommi L wollte etwas damit bauen, ich habe vergessen, was. Ein Kumpel hatte uns die Planken bis vors Tor gefahren, das immer zugesperrt war, und dort erwischte uns Gabriel.

»Das ist ja super Bauholz!«, rief er und freute sich im ersten Moment. Dann wurde er misstrauisch: »Wo habt ihr das her?«

»Geschenkt bekommen«, antwortete ich.

»Die waren heute Morgen einfach hier gelegen«, stotterte Tommi L im selben Augenblick. Gabriel wurde böse und wickelte die Kette gleich noch ein weiteres Mal um das Tor. Dann guckte er uns ewig lang ins Gesicht. Ich dachte, jetzt muss er doch loslegen, aber er sagte nichts, sondern guckte nur, als hätten wir rote Farbe im Gesicht. Tommi L schaute weg, aber ich grinste Gabi an.

»Es hier draußen vor deinem Grundstück liegen zu lassen ist jedenfalls ein bisschen riskant. Ich meine jetzt nicht nur für Tommi und mich«, sagte ich freundlich. Gabi zögerte. Es gab einen kurzen Moment, in dem ich dachte: Jetzt explodiert er gleich. Tat er aber nicht, er blieb ruhig, wie immer.

»Ich sperr euch nicht auf. Und was ihr mit dem Holz macht, ist ja klar.« Damit ließ er uns stehen. Meine ganze Hilfsbereitschaft, im Haus was Nützliches zu tun, versickerte mit einem Mal.

»Was meint er, ›Was ihr mit dem Holz macht, ist ja klar‹?«, fragte Tommi L enttäuscht.

»Na, reintragen, was sonst! Als Strafe.«

Weil es viele schöne Planken waren, die wir nun über den Schotter schleppen würden, und weil wir noch nicht gefrühstückt hatten, beschlossen Tommi L und ich erst mal, uns ein Bier zu holen. Dann zerrten wir die Holzbohlen durch die winzige Lücke im Zaun neben dem Tor und trugen sie alle einzeln in die Scheune. Nachdem wir eine Weile geschwitzt hatten, hörte ich plötzlich was weinen. Ich ließ die Planke, die wir gerade trugen, runter und horchte. Das Heulen kam aus dem Sumpf links vom Haus. Wir schauten beide in die Richtung, aus der es kam.

»Da redet jemand was«, sagte Tommi L. Ich hörte etwas, das ich überhaupt nicht einordnen konnte. Am Anfang dachte ich noch, dass uns Gabriel vielleicht heimlich beobachtete, aber dann sahen wir es: Da war ein Geist. Ein richtiger Geist.

»Komm raus, du Scheißgeist!«, schrie Tommi L. Die Gestalt blickte auf. Es war eine Frau, und sie war nicht ganz bei sich, so viel war klar. Sie sah durch uns hindurch und rief irgendetwas auf Französisch, das konnte ich jetzt verstehen. Mir kam eine Idee.

»Tommi, hol die mal da raus«, sagte ich, drehte mich um und ging schnurstracks zu Gabi. Als ich mit ihm zurückkam, war Tommi L nass und wütend und fluchte herum. Die Frau war weit nach hinten ins Dickicht geflohen. Es dauerte eine ganze Weile und kostete viel gutes Zureden, aber dann hatten wir die Französin aus dem Sumpf. Richtig lohnte es sich nicht, sie war hässlich. Hatte gelbes struppiges Haar und ein Drogengesicht. Ihre Jeans und ihr Pullover hatten sicherlich vorher vielen anderen Leuten gehört. Gabi kümmerte sich um sie und redete ein wenig auf sie ein, während sie ein wirres Gemisch aus Deutsch und Französisch von sich gab. Ich drängte mich ein bisschen vor und versuchte herauszufinden, wo sie herkam. Oder wo sie hinmusste, denn ich spekulierte auf das Auto. Oder wenn Gabi es mir nicht gab, dann wenigstens darauf, dass er das Tor öffnete.

»Sie muss ins Krankenhaus, das sieht man doch«, versuchte ich ihn zu animieren. Aber Gabi durchschaute mich. Er schlug mir boshaft auf die Schulter und meinte, wir sollten das Holz vom Weg nehmen.

Also hievten wir das Ding wieder hoch und wollten eben losgehen, als Gabriel uns noch mal zurückhielt. Er sagte etwas zur Französin auf Französisch. Da lachte sie das erste Mal. Sie stand auf und hüpfte zu uns, setzte sich mitten auf die Planke, dass uns fast die Finger abrissen, und machte Geräusche, mit denen man normalerweise Hunde antreibt. Gabriel grinste uns an. Aber richtig böse konnten wir dann auch nicht mehr werden. Wir machten gute Miene zum bösen Spiel und trugen die schlammige Frau auf der Planke ins Haus. Sie war so vergnügt dabei und wackelte, dass sie fast runtergefallen wäre. In der Küche kriegte sie Kaffee. Lauri kam verschlafen aus Gabriels Einliegerwohnung. Als ich das sah, hätte ich gerne jede einzelne gestohlene Planke vor Gabriels Tür genagelt. Aber dann ging ein Riesengezeter los. Die Französin schluchzte und schrie und knallte den Kopf auf die Tischplatte. Lauri und Gabi trösteten sie und flößten ihr Kaffee ein. Tommi L und ich standen daneben und guckten zu und nahmen uns auch Kaffee. Nachdem die Französin endlich wieder ein wenig normaler geworden war, konnten wir frühstücken. Sie sprach hauptsächlich mit Lauri und beachtete uns nicht. Nur als Tommi L sich an den Tisch setzte, unterbrach sie ihren Redeschwall kurz, um ihm scharf und böse irgendetwas auf Französisch ins Gesicht zu knallen. Tommi L lachte und sagte: »Isch abe disch schon mal gese-hen.«

Hatte er wirklich, auf einmal erinnerte ich mich auch. An der Bushaltestelle unten am Hügel waren wir ihr schon mal begegnet. Aber da war sie sauberer gewesen. Sie hatte lauter leere Säcke und Tüten überall in ihre Taschen gestopft oder in den Händen. Als der Bus dann endlich gekommen war, war sie nicht eingestiegen.

»Wovon lebst du denn?«, fragte Lauri sie.

»Flaschen«, antwortete die Französin in einem seltsamen, rührenden Singsang.

»Flaschen, die du austrinkst, oder Pfand?«, fragte Tommi L vergnügt. Gabriel lachte. Lauri hatte mich den ganzen Morgen noch kein einziges Mal angesehen. Die Französin erzählte, dass sie eine Weile von Flaschenpfand gelebt hatte, bis ihr ein Typ bei einer Abgabestelle mal einfach nichts ausgezahlt hatte.

»Er hat gesagt, ich kriege nichts, weil ich Ausländerin bin. Ich bin doch keine Ausländerin! Ich bin aus Frankreich!«, erklärte sie uns empört. Sie erzählte noch so ein paar traurige Geschichten, dann schlief sie plötzlich ein. Gabi trug sie nach oben, und da wohnte die Französin seitdem. Sie hat sicher noch einen andern Namen, aber bei uns heißt sie »die Französin«. Gabriel hat sie natürlich niemandem gemeldet oder sich nach ihr erkundigt oder so was. Wer hier auf dem Hof war, war eben da. Gabriel hatte seine eigenen Regeln.

Im Herbst, als die ersten Blätter von den Bäumen fielen, fanden Tommi L und ich heraus, dass die Französin, bevor sie zu uns gekommen war, schon richtig lange in unserem Dschungel zwischen Hof und Straße gehaust hatte. Tommi L stand am Fenster und glotzte und glotzte und begriff gar nicht, was er da sah. Wir gingen raus, kämpften uns durch das Dickicht, und da fanden wir ihren Verschlag. Im Winter wäre sie da glatt erfroren. Aber was soll's, sie hätte es wahrscheinlich nicht mal bemerkt. Unter dem Laub entdeckten wir in einer Tüte einige brauchbare Drogen.

»Wir müssen ihr was abgeben«, sagte Tommi L großzügig und schluckte irgendetwas.

»Warum?«, fragte ich.

»Die Sachen gehören ihr.«

»Nein. Gabriel hat sie auf Entzug gesetzt. Das müssen wir respektieren.« Aber am Ende meines Satzes war Tommi L schon längst weit, weit fort.

Der Geruch in ihren Kleidern

Obwohl es kühler wurde und die Heizung immer noch im gleichen faulen Rhythmus arbeitete wie wir Hausbewohner, musste ich in meinem Bett inzwischen nicht mehr frieren. Aber das Problem mit Lauri war, dass sie den Mund nicht aufmachte. Sie hat zwar nie was »über uns« gesagt, aber ich glaube, sie hat einfach Angst bekommen, als das mit uns ernster wurde. Wenngleich sie schon ein paarmal bei mir übernachtet hatte, musste ich mich jedes Mal wieder aufs Neue anstrengen, sie rumzukriegen. Wenn wir geredet hätten, hätte ich sie festnageln können. »Affäre« oder »Betrug« oder »Kleines Nichts zwischen den Welten« hätten wir es nennen können. Aber sie brachte kein Wort heraus. Wenn man mit jemandem keine Verabredung treffen kann, ist eine heimliche Affäre heikel. Ich wusste nie, wann ich sie wiedersehe. Also alleine meine ich, denn wir liefen uns ja ständig über den Weg. Wir mussten höllisch aufpassen, dass niemand was merkte. Wochenlang schlichen wir beide auf Zehenspitzen nach oben und liebten uns, wenn wir die anderen endlich besoffen genug gemacht hatten. Das war nicht immer leicht, weil die anderen tagsüber oft nichts trinken wollten und Tommi L ja arbeiten musste. Und wenn sie dann bei mir war, war es, als tauchten wir unter Wasser und sänken tiefer und tiefer, bis unsere Körper so fest aneinandergedrückt waren, als ob das Dazwischen ausgelöscht würde. Das Licht drang nur noch als Schimmern durch die Ritzen und Spalten zu uns in die Tiefe und fing sich in unseren Augen. Wir konnten uns ansehen, ohne Angst, ruhig und lang. Aber kein Wort konnte durch das Wasser dringen. Unsere Finger sprachen mit unserer Haut. Die Stille sprach. Das war Lauri. Wenn man sie zur Rede stellen wollte oder in die Enge trieb, lief sie weg. Das erste Mal, als sie es tat, dachte ich schon, ich würde sie nicht mehr wiedersehen. Gabriel war verreist, sonst hätte er alles auf den Kopf gestellt – und mich dazu.

Über die Zeit, in der ich sie nicht hatte, gibt es eigentlich nicht viel zu erzählen. Sie war wie ein wirrer, wütender Traum. Ich mümmelte mich um das dunkle Loch in meinem Bett zusammen und versuchte, beim Träumen nicht hineinzurollen. Wenn ich konnte, trank ich und animierte auch die anderen dazu, was zumindest bei der Französin nicht schwer war. Aber bei ihr musste man aufpassen, dass man auch noch etwas abkriegte. Tommi L bekam ich auf andere Weise dazu, sich die Zeit mit mir zu vertreiben. Weil er so schüchtern war, war er ständig scharf und hielt nach Frauen Ausschau. Es war rührend, ihm zuzusehen, wenn er es bei einer versuchte. Die Französin und ich lachten abwechselnd über ihn oder gaben ihm Nachhilfe. Die Französin schien in sexueller Hinsicht keine Probleme zu haben, was ich irgendwie nicht verstand. Irgendetwas machte sie, aber wir bekamen es nie mit. Dann trafen Tommi L und ich eine Abmachung: Wir hatten die Regel, dass man es in einer Nacht immer entweder zu einer Mahlzeit oder eben einem Fick bringen musste. Aber wie gesagt: Mahlzeit zählte auch, damit Tommi L nicht die Lust verlor und auch mal ein Erfolgserlebnis hatte. Eines Morgens diskutierten wir lange darüber, ob ein Spiegelei als Mahlzeit galt.

»Wie liebevoll hat sie es denn zubereitet?«, fragte ich.

»Es ist egal, wie liebevoll. Sie muss ja auch nicht liebevoll sein beim Ficken, damit es zählt!«

Tommi L war so aufgebracht über meinen Einwand, dass ich Lust kriegte, weiterzubohren: »Na, wenn sie jetzt zum Beispiel nichts hatte außer diesem Ei, und sie gibt dir ihr letztes Ei, dann finde ich das liebevoll. Das zählt als Mahlzeit.«

»Du redest immer so eine Scheiße«, maulte Tommi L mich an, »du bist ein richtiger Klugscheißer. Ein Streber.«

Und ich: »Also, Hand aufs Herz, da war noch ein anderes Ei, nicht?« Es war herrlich.

»Lass mich doch in Ruhe mit deinem Scheißei. Ich hab keine Ahnung, ob sie nur das eine hatte. Sie hat es mir gegeben, und ich habe es gebraten!«, schrie er.

Da stockte ich: *»Du hast es gebraten?* Du hast es dir selber gebraten?« Ich lachte los und fiel fast vom Stuhl. Tommi Ls Unterlippe schob sich vor und zitterte. Ich haute mir auf die Schenkel. Da ging die Tür auf, und die Französin guckte herein. Der wütende Riese blickte sie Hilfe suchend und zornig an.

»Was ist los? Kann ich dir helfen?«, fragte Tommi L sie höflich und lieb.

»Nein!«, rief ich mit Tränen in den Augen. »Vergiss es, Tommi! Die zählt nicht!«

Aber dann passierte doch noch etwas in Tommi Ls Liebesleben, das eine Schneise in meine Sorgen riss wie ein Bagger ins Wasserschutzgebiet.

Liebeslohn

Tommi L zeigte mir in seinem Baumarkt eine Vorgesetzte, die er toll fand. Ich hätte eigentlich gar nicht dort sein dürfen, also wollte ich gehen, aber Tommi L zog mich hinter einer Palette mit Heizkörpern in Deckung.

»Warum verstecken wir uns?«, fragte ich ihn.

Durch die Schlitze seiner Augen sah er mich verschwörerisch an und deutete auf eine hässliche Frau: »Das ist sie!«

Ich richtete mich auf. Sie trug Röhrenjeans, die ihr zu eng waren, und unter einem traurigen Dekolleté einen roten Push-up. Ihre Haare waren blond gefärbt; ihr Gesicht nichtssagend. Ich hatte keine Ahnung, warum wir hinter der Palette knien mussten, also stand ich auf und wollte wegschlendern, als Tommi L mich am Kragen packte und festhielt. Er drückte sich an mich und brabbelte los. Dabei glühte er rot und grinste übers ganze Gesicht und konnte kein verständliches Wort sagen. Ich versuchte kurz, höflich zuzuhören, aber es war zu widerlich: Aus seinem Mund spritzte geiles, nasses Nuscheln. Im Hintergrund irgendwo die Tussi mit dem Klemmbrett, die inzwischen zu uns rübersah.

»Ich verstehe nicht, was du sagst!«, flüsterte ich.

Er nahm das als Aufforderung, mich mit seinem riesigen, verschwitzten Körper gegen ein leeres Regal zu drängeln und noch lauter zu nuscheln: »Sami, sami.« Aber ebenso gut hätte er schreien können, dass er sich die ganze Nacht nackt auf seiner Chefin wälzen wollte, denn das Klappern des Regals, gegen das ich gedrückt wurde, sein unüberhörbares Flüstern und die heimlichen Blicke über die Schulter waren nicht mehr unauffällig.

»Sami, sami, wie i an sie rankomm!«, rief er.

Dann stand sie hinter ihm – zum Glück hielt er kurz die Klappe –, und ich dachte schon, ich könnte jetzt nach Hause gehen. Aber so war es nicht. Es war knapp und unerfreulich. Offensichtlich hatte sich Tommi L in ein Mädchen verliebt, das seine Gefühle nicht erwiderte. Was wir hier zu suchen hätten? Was los sei? Dann offensiver: Warum er sie jetzt die ganze Zeit angestarrt hätte? Tommi L hörte nicht auf zu nuscheln, aber diesmal verstand ich, was er sagte. Sie leider auch. Vorgetragen in pathetischer Verzweiflung, spuckte er ihr den Satz in den erstaunten Mund: »Sag mir, wie ich an dich rankomm!«

Sie entgegnete: »Kommen Sie bitte mit in mein Büro, ich möchte, dass Sie Ihre Taschen ausleeren. Beide.«

Sie glaubte, es wäre etwas gestohlen worden, und das war keine Metapher für Tommi Ls Herz (ich stelle es mir immer vor wie eine große, verbrannte Boulette).

Es standen ekelhaft fette Securitys vor der Halle, weil die Leitung die ganze Zeit befürchtete, dass die Mitarbeiter Sachen klauen würden. Natürlich war Tommi L ganz oben auf ihrer Verdächtigenliste.

Als Tommi L sich dann umdrehte und auf das Hallentor zurannte, offensichtlich mit der Absicht, durchzubrechen, geschah etwas Einmaliges. Dieses blonde Ding mit den weißen Zähnen packte mich am Handgelenk! Sie hielt mich mit ihren lächerlichen Händchen fest, obwohl ich die ganze Zeit einfach ruhig stehen geblieben war. Ich war so sprachlos über diese Unverschämtheit, dass mir einfach der Mund aufklappte. Kurz lenkte mich die Frage ab, wie weit es Tommi L wohl geschafft hatte.

Aber dann wusste ich, ich würde zuschlagen. Irgendwas Moralisches in mir schob noch schnell eine Verzögerungsschablone vor meine Handlungsfähigkeit: »Wie ist dein Name?«, stieß ich hervor. Der Ton schien die Frau zu alarmieren, aber sie ließ nicht los. Jetzt war es zu spät. Während meine Stirn gegen ihre Nase knallte, packten mich schon zwei aufgeblasene schwarze Jacken, aus denen geschorene Köpfe ragten. Ich bekam nicht mehr viel mit, glaube aber gesehen zu haben, wie sie Tommi L auf einen Hubwagen stießen und durch die Halle nach hinten zogen. Er brüllte und war mit Klebeband umwickelt.

Um dem gleichen Schicksal zu entgehen, stellte ich mich tot. Es muss in einem Moment gewesen sein, als sie nach etwas suchten, um mich zu fesseln. Ich war kurz allein. Die Frau brüllte und tropfte, aber ich sah nur weiße Pumps. Hinten: Tommi L, ein Riese, ein Berg, der sich aufrichten wollte, zwei schwarze Würste darüber, die versuchten, ihn unten zu halten. Einer der Köpfe flog kurz hoch, darunter Tommi Ls Schuhsohle. Danach wurden sie grob. Ich sprang auf und rannte durch die Halle zum Eingang, wurde sofort verfolgt, nicht nur von weiteren trampelnden Fettsäcken, sondern auch von dem Klackern der Pumps und dem unerträglichen Gezeter in Tonlagen, die normalerweise nur Fledermäuse hören. Ich wurde plötzlich komplett kalt, blieb stehen und drehte mich um. Zwei schwarze Schatten auf mich zu, dahinter, in Weiß, die Frau. Ich hatte da rechts flüchtig etwas erhascht und wandte den Blick. Neben mir hingen an einer Blechwand Spaltäxte. Ich nahm eine, und die Dinge veränderten sich völlig. Die beiden Fettsäcke bremsten abrupt, die Frau auch. Ihre Nase war kaputt, und wir sahen uns an. Ich fand sie auf einmal viel attraktiver, obwohl in mir augenblicklich ein schreckliches Gefühl aufzusteigen begann, von dem ich wusste, es durfte auf keinen Fall mein Gehirn erreichen. Es hatte damit zu tun, dass ich dafür verantwortlich war, wie sie jetzt aussah. Einen Moment lang schien es, als wollte keiner so recht entscheiden, wie es weitergehen sollte. Da hörten wir von ganz hinten in der Halle Gebrüll und Stampfen. Was war das? Woher kam plötzlich die Löwenherde? Auf einmal ein Geräusch, wie wenn man Klettverschluss aufreißt. Wieder Gebrüll. Dann wuchs Tommi L aus der Dunkelheit heraus, groß und voller schwarzer Klebebandfetzen, die um seinen Körper hingen. Er zog den Hubwagen hinter sich her, schneller und schneller. Als er losließ und beiseitetrat, sauste das tonnenschwere Ding auf uns zu wie eine Rakete. Die Schwarzen sahen sich entsetzt an und brachten sich in Sicherheit. Als Tommi L anfing, sich mit all seiner rasenden Kraft gegen die Regale zu werfen, ging ich mal eine rauchen. Draußen war gutes Wetter, und ich suchte in meinen Taschen nach Kippen. Ich fand nichts, und weil es drinnen wohl noch eine Weile dauerte, kroch ich in den Container, in den die Hilfsarbeiter all ihre Taschen und Rucksäcke schmeißen mussten, damit sie darin nichts nach draußen schmuggeln konnten – und der angeblich bewacht wurde. Wurde er nicht. Ich erbeutete mehrere Geldbeutel, ehe Tommi L keuchend an mir vorbeirannte. Ich tauchte ab und ließ ihn rennen, wartete kurz, aber es kam niemand mehr aus der Halle. Also ich wieder raus, noch zwei schöne Jacken mitgenommen. Und pfeifend Tommi L nach.

Wir saßen später am Tag am Küchentisch und tranken Bier und rauchten und führten Männergespräche. Die Französin traute sich nicht rein, weil wir so wild aussahen, verschmiert und blutig und schwer atmend und mit krassen Augen. Sie ließ ihren Brei auf kleiner Flamme zu Kohle verkochen, und uns war es scheißegal. Das einzige Problem war der nächste Morgen. Ich erwachte zufällig um die Zeit, zu der Tommi L normalerweise das Haus verließ, um zur Arbeit zu gehen. Denn das tat er auch heute. Ich stürzte zum Fensterloch: Tommi L trat mit entschlossenem Gang aus dem Haus. Er war gekämmt. Die Haare, nass vom Duschen, dampften in der kalten Luft, die Wunde auf seiner Stirn war sauber, er hatte einen der geklauten Rucksäcke über der Schulter. Als ich in Shorts rausrannte und ihn packen wollte, prallte ich schockiert zurück: Es roch nach Lauri. Einen Moment dauerte es, ehe ich begriff, dass er sich Lauris Parfum drübergeschüttet hatte. In meinem Unterbewusstsein geschah wahrscheinlich gerade eine schreckliche Verknüpfung. Dieses nach Frauenparfum riechende Monstrum mit dem verschlagenen Gesicht und dem erschreckend starren Blick schob mich einfach beiseite wie eine Lok einen Pkw von den Gleisen. Als er nach dem Fahrrad griff, hatte ich den Schock überwunden. Er musste am Vortag wirklich einiges abgekriegt haben. Ich mühte mich ziemlich an ihm ab. Griff mir irgendein Gefäß voller Regenwasser, das ich ihm ins Gesicht spritzte, damit bekam ich ihn wieder einigermaßen ruhig. Brachte ihn rein. Schob ihn in die Küche. Setzte ihn auf den Küchenhocker. Die Französin, dünn und noch voller Schlaf, werkelte an der Kaffeekanne herum. Ich stieß sie vom Herd weg und wollte ihr die Kanne aus der Hand winden. Sie hatte zwar keine Kraft in den Fingern, doch sie klammerte sich wie eine Schraubzwinge an den angeschmolzenen Kunststoffgriff und gab wimmernde Töne von sich. Die heiße schwarze Brühe lief ihr schon über die Finger, aber sie merkte es nicht. Guckte mich an wie eine Ziege, böse und tot. Ich kriegte die Kanne nicht aus ihrer Hand. Tommi L stand wieder auf. Erwachte wie ein Zombie, der sich an seinen Auftrag erinnert. Drehte sich starr um und wollte durch uns durchgehen. Ich drückte ihn mit der Französin wieder auf den Hocker, und da ich die Kanne nicht freibekam, verdrehte ich einfach ihre Hand und goss so Tommi Ls Tasse voll. Erster Punkt an mich. Tommi L kam wieder zu sich, die Französin saß leise weinend am Tisch und guckte mich ab und zu vorwurfsvoll an. Einmal trat ich nach ihrem Bein, eigentlich ohne Absicht. Da hörte sie auf.

»Tommi – du kannst da nicht mehr hin«, rief ich.

Tommi L: »Diese Arschlöcher!«

Ich: »Du kannst da nie wieder hin.«

Tommi L: »Doch. Morgen. Diese Wichser. Das ist mein Job!«

Tommi Ls Entschlossenheit ließ proportional zur Wirkung der 1600 mg Ibuprofen nach, die er genommen hatte. Also mühsam und zäh. Aber er wurde immer mehr er selbst. Die Französin wurde auch munterer, sie berührte sogar mit ihren Fingern Tommi Ls Wunde und grunzte.

Der Tag wurde schön. Tommi L blieb zu Hause, und wir drei frühstückten zusammen. Ich warf der Französin eine der geklauten Packungen Zigaretten hin. Sie war wie ein Hund, hatte alles von vorher vergessen. Der Wermutstropfen: Tommi Ls Job war saugut bezahlt gewesen. Das riss ein empfindliches Loch in unsere Kasse.

In der Zeit, in der Lauri weg war, träumte ich jede Nacht von ihr. Ich ging in ihr Zimmer. Es war leer. Was hatte ich verdammt noch mal erwartet? Wenn sich das jedes Mal geändert hätte, wenn ich von Lauri geträumt habe, wäre hier alles voller Lauris gewesen. Und was wäre, wenn Tommi Ls Träume wahr würden, wage ich gar nicht auszudenken. Lauter nackte Tussen aus den Sport1-Clips, mit schweren Sprachstörungen.

Ich sah mich um – das Zimmer war so, wie sie es verlassen hatte. Die persönlichen Sachen durchsuchte ich alle tausendmal. Nichts von Belang. Nichts über mich in ihrem Zeug. Die paar Fetzen, die sie dagelassen hatte, rochen schon nicht mehr nach ihr; wie wenn sie ihren Geruch mitgenommen hätte, als sie gegangen war. Das konnte doch gar nicht sein, so lange war sie doch noch nicht weg? Oder hatte sie die Zeit auch mitgenommen?

Ihren restlichen Kram packte ich in Tüten, um ihn vor Tommi L zu verstecken. Perverses Schwein, der. Da stand die Kommode, die ich ihr abgebeizt hatte. Der Spiegel war weg, den hatte die Französin sich geholt, fünf Minuten nach Lauris Verschwinden. Ich rückte das Ding beiseite und wurde tatsächlich fündig. Ihre Haarbürste lag da. Ich starrte sie an. Das hatte einen Ärger gegeben, als die weg gewesen war. Lauri hatte ja nichts gesagt, aber ich war ausgerastet. Hatte alle beschuldigt, die Bürste geklaut zu haben. Ich hatte in Tommi Ls Zimmer gesucht und so viele eklige Sachen gefunden, dass ich mich ganz schnell abgeregt hatte und in die Küche bin. Für die Französin hatte ich dann keine Wut mehr übrig, außerdem fing sie an zu schreien, dass ihr die Haare büschelweise ausgingen, und wer daran wohl schuld sei. Ich jedenfalls nicht. Die Gelegenheit, sie mit irgendwas anzustecken, habe ich immer tunlichst vermieden. In der Bürste waren noch Haare von Lauri. Früher hatte sie lange Haare gehabt. Braun und dicht. Die anderen dachten sich nichts wegen ihres Verschwindens.

»Das ist nicht so schlimm«, sinnierte die Französin, »das ist wie mit Katzen. Ein paar Tage. Die kommen immer wieder zurück.« Und so war es. Ich war kurz davor, meine Sachen zu packen und loszurennen, da war sie plötzlich wieder da. Saß am Küchentisch und trank Kaffee, als wäre sie nie weg gewesen. Gabriel hatte sie aufgetrieben und auf den Hof zurückgefahren. Hatte sie beruhigt, getröstet, ihr einen Haufen Sachen gekauft und sie wieder auf ihr Zimmer geschickt. Was er über die ganze Angelegenheit dachte, wusste ich nicht. Ich sollte auch erst mal nicht dazu kommen, mir Sorgen zu machen, denn kurz darauf wurden wir einer mehr.

Ekelhaftes Misstrauen

Aber vorher kam Gabi zu mir. Er schlug mir auf die Schulter, machte auf Kumpel und zog mich in die Küche. Da saßen wir, und ich musste was mit ihm trinken. Ziemlich bald stieß zum Glück Tommi L dazu. Der sagte zwar keinen Ton, aber ich war nicht mehr allein mit Gabi.

»Weißt du, warum Lauri abgehauen ist?«, fragte er mich, und ich hätte einiges gegeben, um in seinen dicken Schädel hineinschauen zu können. Doch da kam nichts durch, das machte ihn mir etwas zu unberechenbar.

Was sollte ich sagen? Eine Ausrede war mir zu riskant. Also fragte ich: »Sie wird doch irgendwas gesagt haben. Oder redet ihr nicht mehr miteinander?«

Gabi sah auf und blickte mir scharf in die Augen. Aber dann lächelte er, und sein Lächeln wurde immer freundlicher. »Lauris Sprache ist nicht immer so einfach zu verstehen«, sagte er leichthin zu mir. »Ich dachte, das hättest du schon bemerkt, nicht?«

Ich zuckte mit den Schultern.

»Ich hab nur gedacht, dir wär vielleicht was an ihr aufgefallen. Aber hier drüben redet ihr nicht viel, außer wenn ihr mal trinkt, schätze ich.« Und nach einer kleinen Pause fügte er hinzu: »Mach dir mal keine Sorgen um meine und Lauris Kommunikation.«

Der letzte Satz war klar. Er traf mich mitten ins Gesicht. Und ich schaute auf den Boden. Ein verdammt klarer Satz, wie eine frische Glasscherbe. Da war nichts drin gewesen. Keine Aggression, keine Drohung. Keine

Anstrengung. Ich konnte gar nichts erwidern. Gabi plauderte drauflos. Er erwähnte, wie schön ein paar Sachen auf dem Hof geworden seien.

Dann sah er mich noch mal an: »In einer Sache habe ich mich doch in dir getäuscht, Nik.«

Ich schwieg erst – meine Fassung hatte ich wiedergewonnen, egal, was jetzt kommen würde. Nach einer Weile fragte ich: »Was meinst du denn Schönes? Gibt es jetzt ein Lob?«, und grinste ihn an.

»Ich dachte, du würdest nie freiwillig für andere etwas tun, wenn du nichts davon hast«, fuhr er fort.

»Doch«, sagte ich, hatte aber keine Ahnung, worauf er hinauswollte.

»Das hier, das rechne ich dir hoch an«, versicherte er mir. Ich begriff immer noch nicht.

»Du hast dazu beigetragen, dass das Kind aus dem Heim kommt«, erklärte Gabi – und verstand nicht, dass ich nicht verstand. Aber wie sollte ich auch, ich hatte noch nie vorher einen Gedanken an Lauris Tochter verschwendet.

»Also dir ist nichts an Lauri aufgefallen?«, fragte Gabi noch, als er ging.

»Nein«, antwortete ich.

Fahrräder, Flugzeuge, Bomben

An diesem Abend hielt ich es keine Sekunde mehr im Haus aus und terrorisierte die anderen so lange, bis wir loszogen. Ablenken, irgendeinen Blödsinn machen.

»Wir gehen auf Fahrradklau«, rief ich und tanzte voran in die Nacht hinaus, eine Flasche Bier in der Hand wie ein Banner. Wir machten fette Beute und wurden dabei immer voller. Irgendwann hatte Tommi L die dumme Idee, in die Kneipen zu gehen und dicke Luft zu machen. Das heißt, er rief so was wie: »*Hallo*! Gehört jemandem das blaue Rennrad draußen, das blockiert den Gehweg, wie haben einen Behinderten.«

Natürlich war der Plan nicht logisch. Es war klar, dass jemand auf die Fresse kriegen musste. Wenn nämlich jemand rauskam, war ja kein Rollstuhl da. Besonders scharfsinnigen Beobachtern, denen wir draußen über den Weg liefen, muss auch aufgefallen sein, dass wir weniger Leute waren, als wir Fahrräder dabeihatten. Sie guckten uns komisch an und verzogen sich meistens. Es ist auch erst mal gar nichts passiert, und niemand hat auf die Fresse gekriegt, auch nicht Tommi L, der das sonst immer schafft, denn es waren an dem Abend nur Pfeifen unterwegs. Ich bin ja nur gefährlich, wenn ich wütend bin, und das war ich wirklich überhaupt nicht.

Ich machte mir nur Sorgen um Lauri, zumal wir sie eben erst wieder zurückhatten. Tommi L meinte ja, sie sei nur betrunken. Aber ich weiß es besser. Etwas war mit ihr. Eine Scheu, eine Angst, die auf ungesunde Weise das schlechte Gewissen gegenüber ihrer Tochter mit unserer heimlichen Liebe verband. An diesem Abend war sie wieder fast die Alte. Außer, dass sie mich überhaupt nicht beachtete. Wir kamen auf den Marktplatz, die Schatten des Gauklerbrunnens fielen im Licht der Straßenlaternen verschwommen auf das Pflaster. Um uns herum die Fahrräder der Studenten und Berufsschüler. Waren es sieben, waren es schon acht? Ich sah nur Blech und Blitzen. Lauri war eine Maschine, ein Flugzeug, das tanzte und brummte und auf dem Brunnenrand kreiste. Bomben warf sie ab, geleerte Flaschen, die unter ihr zerplatzten. Das Glas spritzte um sie auf wie Gischt und Regen. Eine Wassergöttin, die ihr T-Shirt hob.

Ich blickte mich um und sah ihn. Einen jungen Studenten, dem sie ins Gesicht geklatscht sind, ihre nackten, nassen Brüste. Ich will los, über den Fahrradwall, dem bleichen Schwein das Gesicht zerfetzen, hinüberhasten und Lauris Blöße rächen. Aber ich stolpere nur in Tommi L, der nichts sieht, nichts ahnt, der um seine Eisenbeute tänzelt wie ein glückliches Kind, der mich in den Arm nimmt und anlacht und festhält und in albernem Tanze dreht, bis wir straucheln und fallen und in dem Stahl, den Ketten und Pedalen liegen, ausgelacht von Lauri, die über uns steht.

Und in ihren Augen, den stillen Augen, die über dem hysterisch plappernden Mund schweben, lese ich ganz deutlich: »Hallo, Nik!« Hallo, Nik, das fährt in mein Herz! In mir zittert ein Glück. Es flüstert: Lauri ist wieder da. Was für ein Abend! Überall blitzte der Lack. Auf nach Hause. Eine Flotte von Rädern, geklaut, verbogen, verhakt und verzogen! Aber alle wollten sie mit, wie ein Magnet zog es sie alle in ihr neues Heim, als hätte sie der Diebstahl geehrt und geadelt. Alles drehte sich und walzte, und hinten schob Tommi L als der Stärkste. Lauri mittendrin, auf den Sätteln, nass, lachend, die Arme hochgerissen, ein Lied ohne Sinn singend. Ich vorneweg. Das quietschte hinter mir, Tommi Ls Lungen pfiffen, die Speichen sangen im kalten Wind, Gummi mahlte auf Schotter und – daheim. Wir feierten!

Eine mehr

Lauri saß in der Küche, als man ihr Ronja aus dem Kinderheim Marienberg zurückbrachte. Umwickelt von ordentlichen Kleidern, mit steifen Gelenken auf einen Stuhl geknickt wie eine Barbiepuppe, grinsend und frisiert. Unter dem Stoff zitterte ihre Haut. Als sie das Auto der Frau hörte, wie es vom Hof fuhr, brach sie in Tränen aus und umklammerte Ronja und hörte nicht auf damit. Also ließen wir sie allein, aber als wir später wiederkamen, hatte sie das Kind immer noch nicht losgelassen. Es hatte seine Hände an die Schultern der Mutter gelegt und versuchte, sich höflich und zaghaft aus der Umarmung zu drücken. Lauri war tagelang nicht ansprechbar. Für mich, meine ich. Sie redete schon wieder mit den anderen, floh aber, wenn sie mich alleine antraf.

Wir freuten uns alle für sie und verstanden nicht, was bloß mit ihr los war. Sie traute sich nicht zu lächeln, als könnte ihr dadurch irgendetwas aus dem Gesicht bröckeln. Obwohl wir uns sehr um das Kind bemühten – vor allem am Anfang –, hatten wir es schwer mit der Kleinen. Außerdem war sie rettungslos verdorben, weil wir unsere Klappen einfach nicht halten konnten, wenn wir voll waren. Deswegen hatte Lauri auch später noch so einen Schimmer von Traurigkeit in den Augen, sie konnte das eigentlich nicht verantworten, obwohl ich fand, die Kleine gedieh.

Eines Abends erzählte ich ihr diese Kindergeschichte und nannte sie Ronja. Eigentlich hieß sie Sonja, was ein Scheißname ist, darin sind sich wohl alle Eltern der Welt einig, die ihre Töchter anders nennen als Sonja. Jedenfalls platzte sie fast vor Stolz und wurde sogar richtig ein bisschen mutig. Vorher war sie so feige gewesen, dass sie nicht mal allein in einem Zimmer bleiben konnte. Sie hatte Angst vor allem: vor kleinen Verletzungen, vor Dunkelheit, vor Wasser, vor Tommi L – das verstehe ich allerdings, er muss von unten aussehen wie ein Troll –, vor Spinnen, vor fremd klingenden Worten wie »Präservativ« oder »Exzess« oder »Penis«. Sie wollte nicht klettern und nicht rennen, und ich hab oft Sachen wie »Nutzloses Kind« oder »Du bist so feige, dass ich mich totschäme« runtergeschluckt.

Aber leider nicht mal ihretwegen, sondern wegen Lauri. Ich hatte überhaupt keine Vorstellung davon, dass Kinder so was mitkriegen könnten. Habe ihr nicht mal zugestanden, dass sie Bedürfnisse hatte. Marmelade oder Honig ist doch das Gleiche für ein Kind. »Motz nicht, iss, Scheißkind!« Leider. Egal. Gabi hat natürlich versucht, das auszubügeln, aber er war meistens nicht da, wenn es drauf ankam.

Er war wirklich der Einzige, der irgendetwas Solides an sich hatte. Das sage ich aber im Nachhinein, und er ist schon ziemlich an uns verzweifelt. Ein gutmütiger, selbstbewusster Typ, den unsere angeschmolzene Moral irgendwann mürbemachte. Wir haben systematisch versucht, alle Erziehungsversuche zu unterlaufen – die bei Ronja ebenso wie die bei uns. Tommi L, weil er misstrauisch gegenüber allem war, was er nicht kannte, und ich irgendwann aus Prinzip. Oder ich hatte Angst vor ihm, weil wir ihn beschissen haben. Zwischendrin war er wirklich so ein bisschen der Boss. Also zu Hause, nicht wenn wir unterwegs waren, er hatte überhaupt keine kriminelle Energie, hat sich immer in die Hosen gemacht, und sein Gewissen war ihm im Weg. Klingt so, als hätte ich ihn doch gemocht, aber das stimmt nicht, ich musste ihn loswerden, sonst würden wir Lauri irgendwann verlieren, und das haben wir ja dann auch. Aber nicht seinetwegen. An Neujahr ist sie verschwunden.

Bobby Ewings Tod

Ich hatte einen leeren, blauen Tag vor mir und einen Batzen Geld in der Tasche, der eigentlich Gabi gehörte. Schlaf war Mangelware. Jede Nacht leiser Sex, immer in der Dunkelheit herumschleichen, früher aufstehen als die anderen, warten, bis sie weg sind …

Alle hatten zu tun, und so trieb ich mich in der Stadt und in den Höfen herum oder traf Leute. Abends kam ich mit einem alten Fernseher heim, den wir gleich anschlossen und ausprobierten. Er war kaputt, hatte keine richtige Umrandung mehr, deshalb gab es um die Mattscheibe herum lauter lustige Effekte. Lauris Gesicht flackerte blau auf, als hätte jemand in ihrem Kopf das Licht angeschaltet. Ich starrte auf den Bildschirm, aber meine Aufmerksamkeit war ganz woanders. Als wir uns zum Fernsehen zurechtgemacht hatten, hatte Lauri mir gezeigt, dass sie nichts unter ihrem Rock hatte, ich war halb verrückt, die ganze Zeit über. Auf einem ekligen Sitzsack vom Sperrmüll lag Tommi L und fraß Kartoffelchips und spuckte mit den matschigen Krümeln auch dumme Kommentare über den Film aus, den wir sahen. Er saß vor uns, ein großer Berg Fleisch, und wir hielten versteckt Händchen auf einem alten Sofa. Ich habe vom Tod dieses Bobby Ewing nichts mitbekommen, aber am Ende hatte ich meine eingeschlafenen und verbogenen Finger an der rasierten Haut zwischen Lauris Beinen. Ich atmete die ganze Zeit heftig, mein Herz klopfte, und ich hatte Angst, Tommi L könnte uns hören und schreiend runterlaufen und mit den Bratpfannen klappern und mit Gabi hochgerannt kommen, aber das Kaugeräusch in seinem Kopf war wohl so laut, dass er gar nichts mitbekam. Später war er zum Glück eingeschlafen. Ein schlaffer Sack Mensch mit Krümeln auf dem T-Shirt in einem halb leeren Sitzsack. Besoffen, wie wir waren, kamen wir nicht auf die Idee, uns einfach in den Keller zu schleichen: Wir mussten Tommi L aus dem Zimmer kriegen! Ich zerrte an ihm, immer mit meinem Körper an Lauris Körper, gegen den ich stieß und an dem ich mich rieb. Ich konnte kaum mehr – einmal bückte sie sich, um Tommi Ls Fuß zu packen, und wäre nicht an ihrem einen Ende sein schrecklicher Fuß gehangen, hätte ich mich vielleicht über das andere hergemacht. Wir schafften es nicht. Wir zogen ihn in Richtung Tür, wo sich der Scheißsack irgendwo am Boden verhakte. Also ließen wir ihn liegen, löschten alles Licht und fielen im Bett übereinander her. Später schliefen wir nackt, was ziemlich unvorsichtig war. Als ich mal aufs Klo musste, trat ich auf die Chipstüte. Das Knistern erschien mir so laut wie eine Müllpresse. Ich kletterte über Tommi L. Als ich wieder ins Zimmer kam, frierend und mit eiskalter Haut, roch ich erst, wie schrecklich es im Zimmer stank. Es stank nach Tommi L, und ich kenne diesen Geruch, außerdem riechen nackte Verliebte nicht, höchstens nacheinander. Das Sperma und was sonst noch so aus ihnen rausfließt wird trocken und krümelig und diffundiert zu poetischen Gedanken, die aus dem Fenster fliegen, hin zu irgendwelchen einsamen Wichsern. Aber vor Tommi L ekelte ich mich. Wecken durfte ich ihn nicht. Also legte ich mich wieder hin. Ich konnte nicht schlafen. Ich bemerkte, dass ich versuchte, nicht tief einzuatmen, und richtete mich wütend auf. Lauri merkte das. Sie war mürrisch und müde, hatte irgendwas Schlechtes geträumt, oder ich hatte sie zu sehr eingezwängt beim Schlafen. Sie rieb ihren Arm, auf dem ich gelegen hatte. Dann umarmte sie mich, aber ich konnte mich nicht auf sie konzentrieren. Ich kletterte aus dem Bett, sie mir nach. Wir standen wie zwei schlecht gelaunte Raubtiere über der fetten Tommi-Antilope. Wie Hyänen und ohne uns vorher zu verständigen legten wir los und begannen an ihm zu zerren, an dem Sack, an seinen Füßen. Er murmelte und bewegte sich, wachte aber nicht auf. Gemeinsam schafften wir ihn auf den Flur, dann zur Treppe. Wir wollten es nicht, aber auf einmal ging alles so leicht. Das ganze Gewicht gab nach, und das Problem kippte mit zwei riesigen, aufgerissenen Augen und einem stummen Schrei die Treppe runter. Lauri war unglaublich schnell auf dem Klo, wo sie sich versteckte – da war ich noch in Schockstarre. Tommi L konnte ungemütlich werden, wenn er sich in die Enge getrieben fühlte. Ein Reflex. Wie ein Hund, der schnappt, wenn man ihm auf den Schwanz getreten ist. Ich rannte weg, »Scheiße« schreiend. Irgendwo im Haus begann ein Kind zu weinen.

Übergelaufen

Die nächsten Tage verbrachte ich auffallend wenig Zeit im Haus, zumindest solange Tommi L da war. Ich frage mich im Nachhinein, ob es Absicht war, dass Gabriel sein Ding an einem ebendieser Tage durchzog.

Ein feiner Sprühregen war morgens durch mein Fenster in mein Gesicht geweht. Keine schlechte Sache, so aufzuwachen.

»Lauri! Morgen!«, flüsterte ich. Sie schlug die Augen auf und erschrak, weil es schon hell war. Sie fuhr hoch und stieg aus dem Bett, hatte sich die Decke umgewickelt, wie sie es immer in Filmen tun, wenn sie sich nicht nackt zeigen wollen. Ich fletschte die Zähne und riss ihr den Stoff vom warmen Körper weg. Lauri fauchte, dann trat sie nach mir, aber ich erwischte ihren Fuß und küsste und biss ihn.

»Lass mich gehen!«, rief sie leise.

Ich lachte: »Ich geh heute raus. Kommst du mit? Ich hab doch das Geld – und ich hab ne Idee. Wir könnten es schön haben heute. Könntest was erleben mit mir. Komm doch!«

Aber sie schüttelte den Kopf: »Geht heute nicht.« Wie ich es hasste, mir eine Frau zu teilen. Auf einmal sah Lauri auf und horchte.

»Ronja!«, rief sie. Es tapsten leise Füße draußen über die Treppe. Schon war Lauri verschwunden. Ich rollte mich von der Matratze und war zehn Minuten später auf dem Weg zum Bahnhof. Der Regen spritzte von meinen Schuhspitzen und ließ die lange Straße glänzen. Meine Schultern wurden feucht und schwer, aber ich merkte es kaum, ich dachte nach. Der Zug war voll, dampfte und roch nach nasser Wolle. Über den breiten Straßenzügen hingen düstere Wolken, aus denen mehr und mehr Wasser floss. Ich fühlte mich bald wie eine lebende Regenrinne. Blieb hier und da stehen, spiegelte mich auf dem Asphalt und geriet in eine Gegend, in der ein Kumpel von mir wohnte. Ich klingelte ihn runter. Während ich vor der Tür auf ihn wartete, fiel mir ein schönes, fettes Schaufenster auf. Dadrinnen schimmerte es auch wie Regentropfen! Ich rannte hin. Wie erstarrtes, versilbertes Wasser ringelten sich Ketten mit schönen Anhängern um Kunststoffhälse. Dicke Ringe schliefen satt und sicher auf kleinen Kissen und glänzten vor sich hin. Einer gefiel mir, ich vergaß den ganzen Wolkenbruch, der mir das Gesicht herunterlief. Stellte mir das Teil an Lauris Finger vor. Lauris Finger, mit so einem dicken Ding beschwert, dass sie die Hand kaum heben kann! Ich packe ihre Hand und hebe sie hoch und lege sie auf mein Gesicht, küsse den Ring. Die Hand gleitet an mir runter, von dem schweren, reichen Stück gezogen. Gleitet meine Brust hinab, um dann unverrückbar da zu landen, wo sie liegen soll.

»Meins, meins«, sagt sie.

»Meins, meins«, sage ich und grinse sie an.

Ich kaufte massig Bier und anderes nützliches Zeug und kam schwer beladen nach Hause. Der Scheißregen war mir sogar in meine Einkaufstüten gelaufen.

»Tommi?«, rief ich laut in den dunklen Flur und riss mir die schwimmenden Schuhe von den Füßen. Das Haus antwortete nicht. Die Küche war aufgeräumt. Es tropfte mir vom Kopf auf den Boden. Eine Tasse mit einem eingetrockneten, braunen Rand stand auf dem Tisch herum. Ich vermutete, dass Tommi L und die Französin in einem unserer versteckten Winkel lagen und Selbstversuche mit psychotropen Substanzen machten. Hoffentlich kamen sie nicht auf die Idee, sich zu verlieben! Das wäre der Gipfel des Perversen gewesen. Ich hatte schon so eine Ahnung, als ich die Treppe hinauflief, die kalten Kleider klebten mir am Körper. Die Tür zu Lauris Zimmer war angelehnt. Ich gab ihr einen Stoß, und sie schwang auf. Es war leer, komplett leer. Ich erschrak. So stand ich also da an diesem Scheißtag, pitschnass und fassungslos. Ich hatte keine Zeit, böse zu werden. Ich begriff gar nichts.

Auf einmal schallte Gelächter durchs Haus. Ich ging herum, um herauszufinden, wo es herkam. Das waren sie doch alle. Da hörte ich es doch: Tommi Ls Bellen, Lauris helles, schrilles Lachen, das Keckern der Französin – und Gabi dunkel und voll. Was freute *der* sich denn? Was hatte *der* sich denn zu freuen? Ich stand vor der blauen, verschlossenen Tür. Da kam es heraus, das verdammte Lachen. Ich hatte die schweren Tüten noch dabei, und meine nasse Hand glitschte von der Klinke, die Tür sprang auf, und da saßen sie alle. In warmem Licht saßen sie um den Tisch herum und kicherten und grölten und soffen. Sie hatten massenweise Bier. Ich stellte meine Tüten ab. Es klirrte.

»Nik, komm, trink mit uns!«, begrüßte mich Gabriel ausgelassen. »Trink mit uns auf Lauris Einzug!«

Aber ich hatte keinen Durst. »Tommi, was machst du da?«, fragte ich entgeistert.

»Ich spiele Gitarre!«, rief er aufgekratzt und schlug einen sauberen, lauten Akkord.

Sie feierten Lauris Einzug bei Gabi die ganze Nacht. Gabi hatte Lauri zu sich geholt. Oder Lauri war zu Gabi geflohen.

Sie sah mich an, klar und hell und dennoch, als wären ihre Augen ein Wall, über den sie mit einem zweiten Paar Augen – ihren echten Augen – linsen konnte. Sie schoss Pfeile auf mich mit ihren Mundwinkeln – ja, sie lachte und freute sich, dass sie eine neue Heimat hatte. Und ich?

Die nächsten Tage war es kühl zwischen uns. Ich sagte nichts. Sie erklärte nichts. Manchmal, wenn ich kam, saß sie wie früher in der Küche im Fenster und sah hinaus. Starrte in die Bäume und den Himmel. Dann freute ich mich, nach Hause zu kommen. Ich sehnte mich immer mehr nach ihr und bekam sie nicht allein zu fassen, kriegte sie nicht dazu, den Scheißmund aufzumachen. Mir blieb nur Tommi L mit seinen dicken Fingern, die so aufreizend ruhig und gekonnt über die Saiten von Gabis alter Gitarre huschten, dass ich mir eine Drahtschere herbeiwünschte.

Dass ich mich auf Lauri trotz ihres Schweigens und ihres ständigen Weglaufens doch in irgendeiner Weise verlassen konnte, sollte mir bald klar werden. Gabi sperrte der Französin immer den Alkohol weg. Als er das nächste Mal wegfuhr, wurde sie nervös und zählte ihr Geld. Später klaute sie was zum Anziehen aus Lauris Kleiderschrank, schminkte sich und zählte noch mal ihr Geld. Dann kam sie verzweifelt zu uns.

»Nik, wollen wir meinen Geburtstag feiern? Ladet ihr mich ein, vielleicht heute?«, sang sie uns mit riesigen, bettelnden Augen ins Gesicht. Wir konnten nicht widerstehen.

Golem

Wir hatten Pastis getrunken und einen Haufen Zeug genommen, das man auf keinen Fall miteinander mischen soll. Tommi L brachte manchmal was aus den Märkten mit, in denen er jetzt arbeitete. Kistenweise abgelaufenen Kaffee oder angeschmolzene Schokolade. Alles geklautes oder weggeworfenes oder zurückgegebenes Zeug. Oder eben den Pastis. Sechs Flaschen, alle fehlerhaft etikettiert. Schade, ich weiß schon gerne, womit ich mich vergifte. Es war Pastis, behauptete jedenfalls die Französin. Ich denke, das hätte auch Zahncreme mit Ethanol sein können. Jedenfalls musste ich im Sitzen schlafen und aufpassen, dass nichts von dem brennenden See in meinem Magen herausschwappte.

Am nächsten Morgen überlegte ich, ob ich kotzen sollte, und mein Mund fühlte sich an wie Papier. Als ich reinfasste, merkte ich: Es *war* Papier, ein kleiner Zettel, natürlich ekelhaft trocken. Wie die Zunge. Gut, sonst wäre die Tinte vielleicht verlaufen. Ich entrollte ihn, und es tanzten Buchstaben vor meinen Augen, die ich nicht entziffern konnte. Immerhin handelte es sich nur um einen Zettel, hier waren schon Leute mit schlimmeren Dingen im Mund aufgewacht.

Ich ging aus dem Keller nach oben und in die Küche, nur die Französin war da. Ich laberte auf sie ein, aber sie schien mich nicht zu hören, strich einfach immer mehr Butter auf eine Aufbacksemmel, und, ekelhaft: Vor ihr stand ein halbes Glas Pastis von gestern, aus dem sie trank. Ich ging zum Aschenbecher und fummelte eine

Kippe raus, ob sie die vielleicht auch noch wolle. Da sah sie auf. Ihre Augen waren rot, als ob sie geweint hätte, und ich fragte sie, ob sie wisse, dass es schon Morgen sei. Da ging sie einfach aus dem Zimmer. Was für ein Zombie, dachte ich. Ich setzte mich und hörte ganz komische Geräusche. Wegen eines blitzartigen Schmerzes, der durch meinen Kopf flackerte, schloss ich die Augen und entschied, die Geräusche erst mal zu ignorieren. Es klang wie ein Mahlen.

»Hat etwas Mechanisches«, meinte ich laut zu mir selbst. »Ich koche mal Tee!«, rief ich als Antwort in die Räume, und es beruhigte mich, das, was ich hörte, einfach als Gespräch anzusehen. Unser Teekocher war eigentlich unmöglich, aber unglaublich schnell. Es waren einfach zwei Kabel aus der Wand. Das Wasser leitete, und der Strom ließ es innerhalb von Sekunden sprudeln. »Keine Blechgefäße verwenden!«, klebte ein welliger Zettel in einer verschmierten Mädchenhandschrift darüber auf der Wand. Ich kannte sie nicht. Einer von uns hatte sie abgeschleppt und gefickt und am nächsten Tag Tee kochen geschickt, ich weiß die Geschichte nicht weiter, aber ich mochte den Zettel. Hatte so was Hilfloses, Rührendes.

»*Ja!*«, schrie ich dem Mahlen entgegen, das lauter geworden war, goss den Tee auf und riss den Zettel von der Wand. Ich will nicht gerührt werden, dachte ich hart, verbrannte mir den Mund mit brühend heißem Tee und knüllte dieses Papier der Liebe in eine Zimmerecke. »Hol dich die Ratten, Fotze!«, sagte ich noch, aber das wollte ich gar nicht. Vielleicht weil ich mich verbrannt hatte, da wird man kurz sauer von. Plötzlich lokalisierte ich die Geräusche. Sie kamen aus dem leeren Zimmer. Es roch auch komisch. Es waren nicht nur die Geräusche, es roch auch komisch.

»Dann mache ich Kaffee, ja?«, rief ich; und nach einer Pause: »Lauri?« Ich hatte richtig Angst, in ihr altes Zimmer zu gehen, denn es war klar, dass das von da kam.

Niemals von Tommi L, der schläft nach so einer Nacht auch dann weiter, wenn er zwischendrin ne Psychose kriegt. Ich bin immer wach mit dem ersten Licht, das mir die Sonne unter die Lider drückt, als wär das was Gutes. Was waren das für Geräusche? Das klang ja wie neulich: die geklauten Räder. Gummi auf Schotter! Das war es – jetzt wusste ich, was das Geräusch war! Gummi auf Schotter.

Ich sehe Lauri vor mir, die in ihrem Zimmer Fahrrad fährt, ja, da liegt so viel loser Estrich, wie Schotter. Sie ist ganz grau und schwitzt. Ihr Zimmer ist das größte, und sie zieht ihre Kreise, drei Uhr, vier Uhr, fünf Uhr. Sie kann nicht aufhören, weil sie irgendwas Schreckliches antreibt, irgendein Gedanke oder Gedankenknäuel in ihrem Hirn, das da nicht hingehört, das sich festbeißt in sie wie eine Zecke. Und ich wette, es sitzt genau auf den Neuronen, die mich gespeichert haben, und da ist viel, verdammt, das muss ein großes Knäuel sein.

Erinnerst du dich, dass wir in Paris auf Jim Morrisons Grab tanzen wollten!

Das Bild vermischt sich, ich weiß, wieso sie nicht aufhören kann: ihr Schweiß! Er tropft hinunter, keine Haare halten ihn mehr fest, die hat sie an den Seiten abrasiert, ich hätte sie fast nicht erkannt zuerst, als Gabi sie brachte. Sie sah so toll aus, wie eine Amazonenkönigin.

Unten der Schweiß auf dem Estrich – das wird eine zähe Masse mit den Stunden, Mensch, wie ein Sumpf, eine Betongrube, und sie immer durch, pflügt ihre Gedanken hinein, Kornkreise, außerirdische Wahrheiten, die hier nichts verloren haben. Sie gräbt sich ein in die

Masse, bis nur noch ihr Kopf rausragt und weiter, weiter, weiter, bis sie weg ist.

»*Ahhhh!*« Ich schrie. Ich verschüttete den ganzen Tee. Irgendwas, das mich beruhigt! Lauri! Ich stürzte zum Kühlschrank, zog ihn auf und taumelte rückwärts, die Tür in der Hand. Es hatte den Kühlschrank wieder zerrissen! Die Angeln hatte Lauri mal kaputt gemacht. Nicht aus Wut oder so, die hatte sie nicht, war nie wütend, einfach beim Aufmachen, sie war grob. Aber egal, man darf nichts dabei denken: zu einem Kühlschrank zart sein, wozu? Eine Tür abreißen ist gleich kann nicht zärtlich sein, das ist ja keine Gleichung. Ich sah nur die Milch, und die schüttete ich in mich hinein. Beruhigt.

Dann hatte ich aber ein anderes Problem. Die Milch in dem Pastismagen, der Müllkippe von gestern. Ich versuchte einen klaren Kopf zu bewahren. Denken, Mensch, denken! Ich nahm noch mal den Zettel heraus, der in meinem Mund gewesen war. Mir kam der fixe Gedanke, dass Lauri ihn mir reingelegt hatte. Vielleicht wie einen verschlüsselten Hilferuf. Ich faltete ihn auf und las die verwaschene Schrift. Mit einem Mal war ich nüchtern. Um mich sah ich die verwüstete Küche. Einen Milchsee, in den ich zerstreut den dicken Dampfer meiner Schuhspitze schob. Der Tee, der von der Tischplatte tropfte. Tageslicht, das mit zunehmender, grimmiger Gewalt den kalten Rauch zerschoss, der im Zimmer stand. Mein kalter Schweiß. Im Haus war es still. Es gab kein Mahlen und kein Schleifen. Nur die Französin, die auf einmal in der Tür stand und mich ansah: »Nik, die Milch war mir. Für die Katzen.«

Lauri – sie liegt drüben bei Gabi in einem viel zu sauberen Bett und schläft erschöpft und friedlich mit Ronja im Arm. Das Einzige, das man hört, ist Atem. Atem,

Leben, Versprechen. Atem, der Anfang von Worten. Lauri, du bist wieder da. Mir geht es besser. Ich stelle mir dein Gesicht vor, wie es auf dem Kissen liegt. Ich hauche darüber. Ich weiß ja, warum du schweigst.

Nicht, dass Lauri nicht gewollt hätte. Aber ich habe ja schon gesagt, sie konnte nicht. Sie hatte eine Matratze auf ihre Seele geklebt, und die Bahnen, auf denen sich ihre Worte fortbewegen konnten, waren verstopft. Also trickste sie sich selbst aus. Denn schreiben konnte sie. Sie hat mir einen Zettel in den Mund gelegt, als ich geschlafen habe. »Ich liebe dich«, stand darauf. *ICH LIEBE DICH.* Ein Zauber, eine Richtung. Auf einmal wusste ich, wer ich war. Und dass es etwas gab, um das ich kämpfen musste.

Hinter der blauen Tür

Wir lebten ein paar Tage so dahin und spielten Verstecken in leeren Betten, als Gabriel ziemlich plötzlich darauf bestand, dass ich mal auf ein Schwätzchen zu ihm rüberkommen sollte. Das machte mich misstrauisch. Ich war nämlich eine gute Stunde vorher schon mal in seiner Wohnung gewesen, aber davon hatte Gabi keine Ahnung. Hoffte ich jedenfalls. Immerhin, das würde das erste Mal sein, dass ich in der Einliegerwohnung war, ohne bei jedem Geräusch zusammenzuzucken.

»Warum packst du deine Tasche?«, fragte Tommi L mich, als ich panisch Kleidung in einen alten Seesack stopfte.

»Nur so«, log ich. Verdammte Türen ohne Schlösser, nichts konnte man ungestört machen! Das hatte keinen Sinn. Ich ließ alles stehen und liegen, schob Tommi L beiseite und ging hinüber.

An der Tür lehnte ein Rohr, das vorher noch nicht da gewesen war. Gabi saß auf dem Bett, er sah müde aus. Wie immer. Ein Typ, der immer alles richtig machte und jeden um sich herum gerecht behandelte. Deshalb hatte er auch graue Haare. Und Sorgenfalten. Und eine hässliche, billige Brille. Aber dass er schon mal das dicke Kupferrohr nehmen würde, um mir die Frisur zu verschönern, wenn er das mit Lauri und mir rauskriegte, konnte ich nicht völlig ausschließen. Also sah ich ihm gründlich in die Augen, als er mich begrüßte. Ich entspannte mich etwas, als ich erkannte, dass es nur um das Geld ging.

»Hübsch habt ihr's hier«, sagte ich.

»Ach, lass den Scheiß«, fuhr er mich an. Und dann begann er mich vollzulabern, dass ich anfangen solle, mich nützlich zu machen und mir einen Job zu suchen. Ich konnte nicht umhin, gedanklich abzuschweifen und mich zu fragen, ob das Laken schon getrocknet war, auf dem er saß, oder ob er auf Lauris und meiner Liebe klebte. Ich wusste, dass sie da war. Wahrscheinlich im Bad.

»Du kriegst dein Geld schon zurück«, leierte ich, ohne ihm zuzuhören. Er redete auf mich ein, dass ich doch nicht so beschränkt sei wie die anderen und endlich Vernunft annehmen solle. Drüben waren Geräusche, die interessierten mich viel mehr.

»Warum kommst du zu Lauri und nicht zu mir, wenn du Geld brauchst?«, schrie er.

Vielleicht duscht sie, dachte ich.

»Wieso sagt mir keiner was, wenn Lauri dir von meinem Geld gibt?«, redete er weiter.

Vielleicht war sie nackt, dachte ich. »Gabi, ich kann mich nicht konzentrieren. Lass mich in Ruhe«, versuchte ich davonzukommen.

Aber er rief: »Du lässt dir Geld von Lauri geben und denkst, ich merke es nicht? Für wie blöd hältst du mich?«

Solche Fragen sind immer gefährlich. Aber ich sagte nur: »Ich hab dafür Sachen für die Gemeinschaft gekauft.« Worte wie »Gemeinschaft« mochte er, das hatte ich schon raus.

»Bier und Drogen hast du gekauft«, erinnerte er mich an die unschönen Fakten.

»Bist du meine Scheißeltern?«, schrie ich.

Auf einmal er: »Was willst du da?«

Seine Frage knallte durch den Raum. Sein Ton und sein veränderter Blick rissen mich total aus meinem

Ding. Ich hielt inne. Was machte ich denn da? Ich hatte meine verdammte Hand auf der Klinke zum Bad! Dieses Bild von Lauri hatte mich völlig im Griff.

»Ich muss pinkeln«, log ich.

»Hörst du nicht, dass da jemand drin ist?«, fragte er scharf.

Jemand! Wie ich das hasste! Wer sollte denn drin sein, außer Lauri. Als wollte er meine Fantasie nicht unnötig anregen. Als wäre ich ein Psychopath.

»Manchmal habe ich den Eindruck, du hast echt einen an der Waffel«, sagte Gabriel. Sein Ton klang versöhnlicher, aber er sah mich seltsam an. Jetzt wurde ich wieder zu seinem Fall. Das entschärfte zwar die Situation, aber ich hasste es. Ich setzte mich hin und blätterte ihm ein paar Scheine auf den Tisch. Was übrig war von seinem Geld.

»Das ist ne Unverschämtheit!«, wetterte er und fegte mit der Hand über den Tisch.

Ich hob die Scheine vom Boden auf und steckte sie wieder ein.

»Hast du Bier?«, fragte ich ihn.

Er stand auf und holte eine Flasche Bier aus einer Schublade. Was für ein unerträgliches Weichei, dachte ich. Die Tür ging auf, und Lauri kam aus dem Bad. Ich erschrak und starrte sie an. Es dampfte um sie herum. Ich sah nur den Knoten, der das Handtuch über ihren Brüsten zusammenhielt. Darüber ragte ein Stück Narbe heraus. Unten scharfe, dünne Schienbeine und Füße in hässlichen Schlappen. Sie tat so, als hätte sie mich jetzt erst bemerkt. Entschuldigte sich, ging nah an mir vorbei, dass ich sie riechen konnte, und verschwand wieder.

»Ja, wie willst du das jetzt wiedergutmachen?«, holte mich Gabi in die Realität zurück.

»Wiedergutmachen? Bin ich jetzt in deiner Schuld, oder was?«, erwiderte ich und dachte eine Sekunde lang, er hätte das gesagt, weil ich seine Frau angestarrt hatte.

»Bist du in meiner Schuld? Wie siehst du das denn, Nikola?«, sagte er sanft.

»Was willst du von mir?« Ich begriff es wirklich nicht.

Er wurde hitzig: »Es geht mir nicht ums Geld. Ich will, dass du dich sozial benimmst. Das Maul aufmachst. Die Sachen mit mir besprichst. Die anderen sind zu blöd. Du nicht. Das ist jetzt mal ne Gelegenheit, dass wir miteinander reden.«

Ich versuchte zu begreifen, was er von mir wollte, damit ich irgendwie dagegen argumentieren konnte, aber das gelang mir kaum: »Meinst du das ernst? Lass mich das mal zusammenfassen. Du freust dich, weil ich dir Geld schulde, das ich nicht zurückzahlen kann. Weil ich dir dann was schuldig bin und dir zuliebe irgendwas … lernen soll. Was Moralisches. Und dieses Moralding ist dir wichtiger, als das Geld zurückzukriegen.«

»Ich will einfach nur, dass wir zusammenhalten. Ich hab keine Lust, hier alles alleine am Laufen zu halten. Ich reibe mich total auf für uns hier. Und du beklaust mich!«

»Ach was, beklauen. Du warst nicht da, und ich hab eben mit Lauri geredet.«

»Du zahlst mir alles zurück, oder ich …«

Die Tür ging erneut auf und unterbrach seine Tirade. Lauri kam angezogen wieder und setzte sich auf einen Hocker.

»Hat er dir gesagt, wie und wann er das zurückzahlen will?«, wandte er sich an sie.

»Hat er doch alles vorher mit dir besprochen«, schnauzte sie.

»Was?« Gabi verstand nicht.

»Na, er hat gesagt, ihr habt das klargemacht. Sonst hätte ich ihm nichts gegeben.«

Mir stand der Mund offen. »Was? Gar nichts haben wir besprochen!«, rief ich. Wie konnte sie nur so lügen. Ich hatte keine Ahnung, dass ihr solche Spielchen Spaß machten.

»Dann hast du mich angelogen«, sagte Lauri empört und völlig ernst zu mir, und zu Gabi: »Dann hat er uns angelogen.«

Gabi fand das alles auf einmal sehr unbehaglich. Er runzelte die Stirn und sagte: »Was jetzt? Jetzt seid mal ehrlich. Oder erinnert euch mal genau. Wer hat jetzt was gesagt? Das muss doch ein Missverständnis sein.«

Ich lachte. Ich konnte nicht anders. Wieso konnte dieser Typ nicht glauben, dass wir uns anlogen und betrogen und verarschten, und dass das einfach immer so war? Wieso musste er jetzt ein Missverständnis daraus machen?

»Ich habe dich verarscht, Gabi«, sagte ich. »Ich hab mir Geld von Lauri geholt, und es war dein Geld, und dann hab ich dafür Bier gekauft und es getrunken. Ohne dich. So.«

Er schwieg eine Weile.

»Wenigstens ehrlich. Immerhin etwas«, sagte er schließlich mit gedämpfter Stimme.

Ich fasste es nicht! Der ist unverbesserlich, dachte ich. »Jetzt gib mir schon das Bier!«, sagte ich zu ihm, und dann: »Ich komme immer an Geld, Gabi. Ich gebe es dir zurück. Dann leihe ich mir halt was von jemand anderem.«

»Du wirst es nie begreifen«, seufzte er müde, und ich dachte dasselbe über ihn.

Das Bier war warm. Ich hasse diese charakterlosen Typen.

Glocken auf dem Drehstuhl

Lauri und ich stritten uns ziemlich erbittert wegen der Sache mit Gabriel. Wir hatten die ganze Küche für uns, durften aber trotzdem nicht brüllen, weil irgendwo im Haus noch jemand war. Oben raschelte es, vielleicht waren es auch nur Ratten. Je wütender Lauri wurde, desto geiler machte mich das. Eine Haarsträhne fiel ihr immer ins Gesicht, und sie warf den Kopf ungeduldig zurück – die Bewegung sah aus, als bekäme sie jedes Mal eine Ohrfeige dabei. Ihre Wangen waren gerötet. Ich zählte die Knöpfe von Gabis Hemd, das sie trug, und stellte mir vor, einfach hinzugehen und sie alle zu öffnen.

»Hörst du mir überhaupt zu?«, fuhr sie mich an.

Ich hörte zu. Die Themen waren immer dieselben, deswegen brauchte ich mich nicht so sehr auf das zu konzentrieren, was sie vorbrachte. Es reichte, wenn ich die Signalwörter heraushörte und ab und zu etwas sagte wie »Und was soll ich da jetzt machen« oder »Daran kann ich auch nichts ändern«. Nicht, dass ich Lauri nicht ernst nahm: Natürlich war die Sache kompliziert. Wir waren leichtsinnig und setzten hier alles aufs Spiel. Was sie an Gabriel fand, wusste ich wirklich nicht, vielleicht war sie ihm einfach dankbar. Er hatte ihr wieder auf die Beine geholfen nach der Trennung von Ronjas Vater. Er hatte einen richtigen Beruf, und das war für sie wohl so etwas wie die Eintrittskarte in die schöne, glitzernde Welt der Leute, die Neuwagen fuhren und das, was sie einkauften, an der Kasse bezahlten. Aber das war mit das größte Problem an dieser Welt, bei der alle mitmachten – dass man darin immer für alles bezahlen musste. Wir mussten das nicht. Solange sie uns nicht kriegten, hatten wir unsere eigenen Spielregeln, und die waren besser. Ich verstand nicht, warum Lauri zu den anderen gehören wollte. Das schloss mich aus, und deshalb hasste ich alles, was damit zu tun hatte: Gabi, Lauris Bemühungen um einen Job als Kellnerin und das Bezahlen an der Kasse. Es ging auch anders, das war der Punkt.

Ob ich gar kein schlechtes Gewissen habe, fragte sie mich. Das war kein Vorwurf, sie wollte das wirklich für sich wissen, meine Antwort abgleichen mit dem, was sie fühlte oder glaubte, fühlen zu müssen.

»Warum sollte ich?«, antwortete ich ihr, »mir geht's gut. Weil ich zu dir kommen kann, geht's mir gut. So ist das.«

Das verstand sie nicht. Oder es reichte ihr nicht.

»Aber das ist doch ungerecht. Gabriel hilft uns allen die ganze Zeit«, bedrängte sie mich.

»Das stimmt«, antwortete ich, »aber was heißt das schon. Das braucht er eben.«

Was tun für andere war sein Lebensinhalt, sein Zweck, so wie es meiner war, Lauri zu besitzen. So ist das.

Ich hatte eine Nacht in einer Tonne geschlafen, als mich Gabriel fand und mitnahm.

»Arschloch. Verpiss dich!«, war das Erste, das er zu mir sagte. Ich verpisste mich nicht. Ich setzte mich auf, blinzelte in die Sonne und sah ihn an. Ein großer Typ, der mich misstrauisch musterte, weil ich mich in seinem Müll versteckt hatte.

»Lackierst du da in deiner Werkstatt?«, fragte ich ihn. »Ich kann schleifen.« Er sagte, dass er niemanden brauche und dass ich abhauen solle.

»Ich hab keine Wohnung oder so«, rief ich ihm hinterher, als er eben in seine Garage wollte. Er zuckte nur mit den Schultern und verschwand.

»Bist du immer noch da?«, fuhr er mich an, als ich fünf Minuten später in der Tür stand. Seine Stimme klang schon freundlicher.

»Ich mag auch Kaffee«, sagte ich.

Er gab mir welchen. Und jeden Tag, an dem ich wiederkam, gab er mir mehr. Erst ein paar Tage Arbeit, dann ein paar Nächte in dieser Ruine, die er gekauft hatte, dann Geld, dann eine richtige Unterkunft, und am Ende seine Frau. Vielleicht hätten Lauri und ich uns die ganze Heimlichtuerei sparen können, wenn ich mich einfach ebenso dreist wie damals in Gabis Schlafzimmertür gestellt und gefragt hätte, ob ich Lauri auch haben könne. Das sagte ich ihr nun und lachte, aber das war wohl ein Fehler, denn das machte sie richtig wütend.

»Wir haben Schulden«, schrie sie mich an. »Wegen dem Haus hier. Das ist alles teurer, als er dachte.«

Wir haben Schulden. Dieses »wir« traf mich.

»Dann verstehe ich nicht, wieso *ihr* uns auch noch durchfüttert«, sagte ich.

»Das wirst du nie begreifen!« Lauri schüttelte den Kopf.

»Nein, das ist ja auch dumm. Von ihm«, schloss ich, »und du hängst dich auch nur an ihn dran. Weil du allein gar nichts kannst.«

Sie stand da und war wütend. Das sah man ihr an, von Kopf bis Fuß. Die Arme verschränkt, lehnte sie an der rauen Wand und ließ ihre Augen blitzen.

»Ich will dich nicht mehr haben. Ich hasse dich!«, fauchte sie mir entgegen.

Wir schweigen. Wie sie mich abweist, macht was mit mir. Ich sitze da und bin wie gelähmt, weil ich nicht an sie rankann. Ich werde nicht schlau aus ihr. Liebt sie diesen erbärmlichen Typen denn tatsächlich?

»Ob ich ihn liebe oder nicht geht dich einen Scheißdreck an!«, schreit sie. Habe ich etwa laut gesprochen? Scheiße, das habe ich gar nicht gemerkt, ich muss auf meine Gedanken aufpassen!

»Nein, nein«, sage ich schwach und versinke in mir selbst.

Sie bemerkt, dass ich verwirrt bin. Auf einmal kommt sie zu mir und streicht mir einfach durch die Haare. Auf einmal ist sie mir so nah. Als ob das alles nicht ernst wäre für sie. Nur ein wenig streiten für diese oder jene Sache; aber im Grunde zählt nur eins: dass da ein unverrückbares Herz ist, das wichtiger ist als alles andere, und in dem ich eine kleine Wohnung habe. Oder ein großes Bett oder was. Das ist schön, ja. Aber andererseits ist es auch unheimlich. Hast du das mal gefühlt? Gegen so ein Herz hast du keine Chance. Da bist du drin oder bist es nicht, und du hast niemals Macht darüber.

»Du zweifelst immer«, sagte sie auf einmal in meine Gedanken hinein.

Ich habe mal neben ner Kirche gewohnt, und die Glocken fingen immer ganz plötzlich an zu schlagen. Drängelten sich in egal was du gerade gemacht hast. Sie waren so penetrant laut, dass alles, was man unter ihrem Hämmern tat, eine Bedeutung bekam. So war Lauris Satz. Ich hätte mich auf den Boden geworfen und mich bespucken lassen von ihr.

»Scheiße!«, schrie ich und sprang von dem kaputten Drehstuhl, auf dem sie mich hin- und hergewiegt hatte. Ich stieß sie weg. Ich hatte mich nicht so im Griff, denn sie flog ein Stück zurück. Sie starrte mich an, dann spuckte sie wirklich nach mir. Komisch, jetzt wollte ich es nicht mehr. Ich sah zu Boden. Sie nahm etwas in die Hand, um es zu werfen, aber in dem Moment kam die Französin rein.

»Ich muss scheißen, aber Tommi L ist so eklig. Er war vor mir auf der Toilette«, jammerte sie.

Ich wagte einen Blick zu Lauri. Sie tat das Gleiche, und auf der bröckeligen Brücke des Spottes gingen wir Schritt für Schritt über den Abgrund unserer Innenwelt aufeinander zu.

Tommi Ls Tage

»Tommi, komm aus deinem Zimmer!«, rief ich. Obwohl es schon dunkel draußen war, fiel kein Licht durch die Spalten aus Tommi Ls Zimmer. Man hörte aber an der Musik, die dumpf zu uns drang, dass er da war.

»Was hat er vor die Tür gerückt?«, fragte mich Gabriel.

»Keine Ahnung. Was Dickes«, war meine Antwort.

»Wieso wollt ihr überhaupt, dass er rauskommt?«, fragte ein Schatten aus der Dunkelheit des Flurs, der so dünn war, dass man ihn kaum wahrnahm.

»Weil er heute nicht arbeiten war«, sagte Gabriel.

»Weil er mir was tragen helfen soll«, sagte ich. Trotz gänzlich verschiedener Motive waren Gabriel und ich uns diesmal einig: Tommi L musste sein Zimmer verlassen.

Der Schatten der Französin trat in das spärliche Licht des Flurs. Sie hatte nichts an außer einer Katze. Ich wandte mich ab. Ich wollte diese Frau nicht nackt sehen. Von Frau konnte bei dem Körper wahrscheinlich eh kaum die Rede sein. Gabriel tat das Gleiche, aber sicher wieder aus anderen Gründen als ich.

»Zieh dir was an«, sagte ich. »Sonst kriegen wir Tommi L da nie wieder raus, wenn er das sieht.«

»Wer von euch fährt mich ins Tierheim?«, war die Erwiderung der Französin.

»Ich mach das, aber ich glaube nicht, dass sie dich da nehmen«, sagte ich.

»Was willst du im Tierheim?«, fragte Gabriel.

»Im Tierheim haben sie Frettchen«, sagte die nackte Französin.

Gabriel und ich wandten uns gleichzeitig wieder zu der verbarrikadierten Tür und überließen das französische Problem sich selbst.

»War irgendetwas?«, fragte mich Gabriel.

»Was meinst du, ›War irgendwas‹?«

»Hat es einen Grund, dass er nicht rauskommt?«, erklärte mir Gabi seine Frage.

»Woher soll ich das wissen? Sicher hat es einen Grund. Sonst würde er es nicht machen«, sagte ich ungehalten. Ich klopfte weiter, obwohl meine Knöchel es satthatten, die Musik übertönen zu müssen. Gabriel schob die Französin in ihr Zimmer. Vielleicht zog er sie dort auch an.

Tommi L war manchmal so, meistens kriegte niemand das mit. Er hielt sich zurzeit mit Gelegenheitsjobs über Wasser. Aber ob und wie zuverlässig er da hinging, interessierte mich kaum, Gabriel merkte es nicht. Das mit Tommi L lief immer gleich ab. Erstens: Er begann Stühle zu meiden. Morgens in der Küche nahm er schweigend und stehend einen Kaffee ein. In seinem Zimmer sah man ihn auf dem Boden sitzen oder liegen. Zweitens: Er verlor die Fähigkeit zu sprechen. Er antwortete nicht mehr, sondern sah einfach durch einen hindurch. Jetzt unterschied ihn fast nichts mehr von einem Tier. Drittens: Er hörte auf zu essen. Das war uns nur recht, denn dann blieb mehr für uns, und ich musste manche Lebensmittel, an denen mir viel lag, nicht mehr verstecken.

Ich habe mal eine Flasche Whiskey nicht mehr aus dem Karpfenteich gekriegt. Die Scheißfische müssen sie getrunken haben, denn als ich an der Schnur zog, an der ich sie befestigt hatte, war sie abgefasert. Konnte auch die Französin gewesen sein. Die konnte Alkohol noch riechen, wenn er vergraben war. Hätte mich nicht gewundert, wenn wir mal aus dem Suff davon aufgewacht wären, dass sie an einem von uns nuckelte.

Einmal dauerte Tommi Ls Zustand eine Woche, da habe ich ihm eine kalte Pizza ins Zimmer geworfen. Nach ein paar Tagen war er dann wieder fast der Alte. Was er hatte, wusste keiner. Vielleicht hatte er seine Tage. Was für eine ekelhafte Vorstellung. Ansprechen durfte man ihn darauf nicht, so blöd war keiner bei uns. Wie er das mit dem Essen machte, war nachvollziehbar, aber es gab noch andere Bedürfnisse, für die man das Zimmer verlassen musste, ich wollte nicht darüber nachdenken. Vielleicht konnte er sich abstellen. Das möchte ich auch manchmal gerne können. Andererseits, wenn man Tommi L kennt, könnte man meinen, er war schon grundsätzlich so was wie abgestellt.

Immerhin hörte er Musik. Weniger aus Sorge als aus Neugier wartete ich diesmal im Dunkeln vor seinem Zimmer. Unten waren sowieso bloß Lauri und Gabi und stritten sich wie Barbie und Ken.

»Was soll ich bei dieser Scheißerziehungsberatung!«, hörte ich sie schreien. Gabi sprach leiser, er beklagte sich wie eine Schwiegermutter über Ronja und redete Lauri wegen irgendwelcher Schulsachen ins Gewissen.

»Du musst da hin, sonst können sie sie dir wieder wegnehmen.«

»Das sollen die mal versuchen!«

Was für ein Gewäsch! Hielten sie das etwa für Liebe? Wann war diesen beiden der Biss nur so gründlich abhandengekommen? Ich versank in ein angenehmes Dösen, in dem ich mich selbst kaum mehr wahrnahm.

Das kam womöglich auch ein bisschen daher, dass aus Tommi Ls Zimmer seit Stunden immer nur das eine Lied in Dauerschleife lief. Ein schrecklicher, kitschiger, pathetischer, deutscher Schlager. Und ich glaube, um etwas Abwechslung zu haben oder das stumpfe Empfinden beim Zuhören irgendwie zu schärfen, drehte er das Lied zwischendrin immer lauter.

Wechselnde Empfindungen wie Hunger, Durst und Langeweile kamen und gingen, ich blieb.

Habe ich das schon erwähnt? Wie das mit uns anfing? Das war in einer Turnhalle gewesen. Mich hatten der Regen und die Hoffnung auf einen Getränkeautomaten mit Alkoholika da hineingetrieben. Tommi L stand mit offenem Mund vor einer geschlossenen Tür. Auf einem Schild am Türrahmen stand »Umkleide Turnlehrerinnen«. Wie schön, wenn sich die Gedanken eines Menschen so deutlich in seinem Gesicht abzeichnen. Er dachte: Turnlehrerinnen – straff, Umkleide – nackt, Tür – Chance. Der arme Trottel. Die Lesben dadrin hätten ihn sicher ermordet. Mir gefiel er, und ich sprach ihn an. Das darauffolgende Gespräch in der Kantine war so etwas wie ein Bewerbungsgespräch, denn ich suchte einen Kumpel. Das begriff Tommi L sehr schnell. Es war eine Turnhalle für Kinder, und als wir das Schild »Rauchen verboten« an der Wand sahen und ich ihm daraufhin eine Kippe anbot, nahm er sie. Er steckte sie sich an und rauchte unbeholfen. Es war nicht verwegen, aber es rührte mich ein bisschen. Ich lächelte ihn an, und er lächelte zurück. Dann fing er an zu husten. Auch wenn ich nicht viel größer war als die Zwölfjährigen um uns herum, so wollte ich mir doch meine Würde vor ihnen bewahren. Also nahm ich Tommi L am Arm, und gemeinsam verließen wir die Kantine. Seitdem kennen wir uns. Irgendwann habe ich ihn zu Gabi gebracht und ihm vorgeschlagen, ihn einziehen zu lassen. Gabi sagte wie immer Ja, und somit waren wir zwei gegen einen. Leider war es nicht einfach, mit Tommi L zusammenzuwohnen.

Ein Quietschen, als öffnete sich eine verzogene Tür, riss mich aus meinen Erinnerungen. Dann bewegte sich die Holzwand vor mir. Eine Hand erschien und hob ein breites Brett aus einer Fuge. In die Öffnung hinein dämmerte Tommi Ls Gesicht.

»Was hast du da vorgeschoben?«, begrüßte ich ihn grinsend.

»Mein' Schrank«, sagte er. Es war die Rückseite seines Kleiderschrankes, der vor die Tür gerückt gewesen war.

»Warum?«, fragte ich.

»Warum was?«, erwiderte er, und dann: »Ist das Klo frei?« Damit quetschte er sich heraus. In der Hand hatte er eine Plastiktüte mit stinkenden Klumpen. Mit ihr in der Hand und einem umgewickelten Handtuch verschwand er in Richtung Toilette. Ich ging in die Küche und suchte verzweifelt nach Bier.

Katzenfrühstück

Ich wachte davon auf, dass jemand in meinem Zimmer war. Musste erst blinzeln. War spät eingeschlafen, hatte noch lange einer Sache nachgegrübelt. Da an der Wand stand Lauri und sah mich an. Sie war nackt, ihr Nachthemd lag auf dem Boden herum. Sie lehnte so an der Wand, dass man sie von draußen nicht sehen konnte.

Ich richtete mich auf. »Mann. Bist du im Nachthemd rübergeschlichen?«

»Ich steh schon die ganze Nacht hier und schau dich an«, klang ihre Stimme heiser zu mir herüber. Ich rieb mir die Augen.

»Hm.«

»Ich hab versucht, dich was Bestimmtes träumen zu lassen«, flüsterte sie jetzt.

»Was denn?«

»Die Antwort auf eine Frage, die ich an dich habe und die du nicht beantworten kannst.«

Ich brauchte eine Weile, aber dann konnte ich mir vorstellen, dass sie von Gabriel und Ronja und ihr und mir sprach, von dieser Geheimniskrämerei, und dass ihr das viel mehr ausmachte, als sie durchblicken ließ. Aber das war mir zu kompliziert, so früh am Morgen. Vielleicht war es auch ein Test, so ein Frauending, auf das ich die richtige Antwort geben musste, um mit Sex belohnt zu werden.

Stattdessen sah ich sie an. Es war noch frisch, die Sonne leuchtete durch den Nebel auf die letzten grünen Flecken vor meinem Fenster. Und ein bisschen traf sie auch Lauris Schulter und malte einen Keil auf ihre Haut. Ein heller Arm, der sie heimlich umfasste. Er führte über ihre rechte Brust und erreichte fast die Narbe, dieses rätselhafte Zusatzfeature, das ihr Körper zu all dem anderen Schönen auch noch bot. Die Narbe begann unter dem Hals und führte hinab. Dick und schön. Erinnerte mich an Jahrmarkt und Gruselkabinett und alte Monsterfilme.

»Du kannst doch nicht im Nachthemd herschleichen. Wo ist dein Typ?«, fragte ich.

»Abgeholt worden. Von einem Kollegen. Gehen wir spazieren?«

Spazieren, dachte ich. Na klar. Wenn ich dich schon mal nackt in meinem Zimmer habe …

Ich setzte mich auf und sah sie an, bis der letzte wohlige Rest Müdigkeit von mir abbröckelte. Mit einem Satz schnappte ich mir ihr Nachthemd und stand wieder auf dem Bett.

»Hol's dir«, lachte ich. Sie jagte mich, und ich ließ es sie nie bekommen. Wir unterdrückten unser Gekicher. Am Ende flog das Nachthemd leider aus dem Fenster.

»Oh Scheiße!«, riefen wir beide, kicherten wie Kinder und blickten hinunter auf das weiße Ding im von Tau benetzten Kraut. Lauri ging runter. Sie machte eine Show für mich. Streckte sich nackt in die Sonne und hob das Hemd wie eine Balletttänzerin hoch, wollte es anziehen und tat so, als flöge es ihr jedes Mal weg, wenn sie es hatte. Als ich ein Geräusch im Haus hörte und mich umdrehte, merkte sie das, packte ganz schnell ihr Hemd, streifte es über und war weg.

Eine halbe Stunde später kam sie zum Frühstück. Tommi L war kurz da gewesen, hatte sich stumm Kaffee gemacht und war wieder verschwunden. Die Französin saß mit einer Katze auf dem Schoß da und starrte lächelnd auf ihren leeren Teller. Sie bemerkte mich kaum.

Ich setzte mich hin. Dann kam Lauri. Jetzt hob die Französin den Blick und sprach so langsam, dass man beim Zuhören immer Angst hatte, das nächste Wort würde nicht mehr folgen: »Ich fände es toll, wenn die Menschen rückwärts in Höhlen springen würden.« Lauri ging zu ihr hin und streckte die Hand aus. Die Französin wollte wegsehen, aber Lauri wirkte recht fordernd. Langsam schob die Französin ihre Hand in die Tasche, holte was raus und gab es Lauri, die es sich sofort in den Mund steckte. Damit war der Morgen gelaufen. Ich stellte die Milch zurück in den Kühlschrank und nahm mir ein Bier.

Irgendwann hatten wir alle Alkohol vor uns stehen. Lauri war zu mir total neutral, ich musste sie immer mit was bewerfen oder sie an den Haaren ziehen oder anstoßen, weil ich so sehr an das von vorhin denken musste, das nackte Ding, an meine Wand gedrückt. Es kitzelte mir so in den Fingern, wenn ich sie ansah. Wieso muss die Scheißerbfeindin jetzt hier herumsitzen, die kann auch woanders vor sich hin vegetieren, dachte ich. Sie bekam zwar meistens so gut wie nichts mit, aber darauf wollte ich mich nicht verlassen. Also weiter, als wäre nichts. Das Frühstück lief irgendwie aus dem Ruder.

»Da wälzen sich immer die Katzen!«, schrie die Französin irgendwann entzückt auf und deutete auf gar nichts auf dem Boden.

»Wo? Lass die Dreckskatzen nicht immer hier rein!«, schrie ich. »Die scheißen hier überall hin und lecken an der Butter und haben Haarausfall!«

»So wie Tommi L«, klang es versonnen aus Lauri. Wir drei lachten.

Die Französin erhob sich. Nur so ein Drahtgerüst mit Stoffüberzug. Mit ihren Hexenfingern zeigte sie auf das Sonnenviereck, das durchs Fenster fiel.

»Da. In dem Tor da. Da baden sie. Das macht sie gesund.«

Ich stand auf und ging auf sie zu und grinste: »Wo? Zeig mal.«

»Da, hier, das Lichttor da.«

Lauri kicherte in sich hinein, als die Französin wie eine Schlafwandlerin unters Fenster wies.

»Wo? Wo ist die Scheißsonne?«, fragte ich und packte sie am Nacken. Ich lachte und drückte diesen dürren Junkie in seinem Krankenhausnachthemd vor mir runter auf den Boden.

»Wo ist deine Scheißsonne?«

Lauri schien das zu gefallen, irgendwie war sie auch nicht ganz dicht, aber ich freute mich und machte weiter, die Französin zu quälen, war ja auch betrunken, und wie gesagt, die Französin kriegte solche Sachen oft gar nicht mit.

»Laisse-moi, Nik!«, kreischte sie.

»Ich kann kein Französisch!«, sagte ich, war aber gelogen.

Jedenfalls lag sie so ein bisschen wimmernd auf dem Boden in der Sonne und wälzte sich gesund.

Wir haben nicht gemerkt, wann die Tür aufgegangen ist. Ob es war, ehe Lauri ihr Hemd hochgeschoben hat für mich – sie hat was ziemlich Eindeutiges gemacht –, oder erst danach.

Da steht jedenfalls das Kind in der Tür. Ich nehme meinen Fuß von der Französin.

»Schule, Mama«, sagt Ronja. Lauri steht auf und geht.

Ich helfe der Französin hoch, lächle sie sogar an und setze sie auf ihren Stuhl. Es ist ne Weile still, dann kommt Lauri noch mal rein, sie ist irgendwie niedergeschlagen. Jetzt schweigt sie mich auch noch an. Ich mache Kaffee und trinke einen Schluck. Die Französin labert unwichtiges Zeug.

»Hier ist noch was in der Kanne. Ganz frisch«, sage ich, kriege aber keine Antwort. Die starren mich nur an.

»Sie soll eben die Scheißkatzen nicht reinlassen! Sie lässt sie immer rein«, verteidige ich mich vor Lauri. »Du hast auch gelacht!« Ich stelle ihr Kaffee hin.

»Du bist so blöd«, sagt Lauri zu mir.

Die Französin greift leise nach Lauris Becher, und Lauri starrt mich immer noch böse an.

»Lauris Kaffee!«, sage ich.

Und die Französin: »Die Katzen lass nicht ich rein. Die schleichen hier rein. Heute Morgen ist eine Katze in dein Zimmer geschlichen. Die hatte ihr ganzes Fell schon verloren, so räudig ist sie gewesen, die war nackt. Hast du sie bemerkt?«

Ich mache eine Handbewegung, die Kaffeetasse verliert ein wenig das Gleichgewicht.

Lauri ist manchmal bemerkenswert. Sie bleibt ruhig. Sieht mich an.

»Wir müssen was machen«, sagt sie. Dann schiebt sie ihre halb volle Tasse durch die braune Pfütze vor die Französin.

Wir müssen was machen!, denke ich. Nach einer Weile geht Lauri.

Die Sache mit dem Kind hatte mir den Sex jedenfalls komplett verdorben.

»Lauri muss die Kleine mal kämmen«, sagte die Französin.

»Halt's Maul! Lauri macht das schon richtig«, fuhr ich sie an. Ende des Frühstücks.

Maskenball im Jugendamt

Lauri trug eine Art Hosenanzug und hatte ihr Gesicht bemalt. Sie versuchte offensichtlich, seriös auszusehen.

»Wofür hast du dich denn so aufgebrezelt?«, fragten Tommi L und ich fast gleichzeitig.

»Sieht es gut aus?«, fragte sie, ohne auf unsere Blicke einzugehen.

Frigide, assoziierte ich, sagte aber nur: »Ungewohnt.«

»Ich hab nen Termin im Kinder-Faschisten-Zentrum«, sagte Lauri. »Habt ihr Ronja gesehen?«

Tommi L zog an einer Zigarette, das Rauchen hatte er inzwischen gelernt, und kombinierte messerscharf: »Wenn du dich so anziehst, dann willst du was von denen, stimmt's?«

»Die wollen was von ihr«, sagte ich.

Lauri nahm aus Tommi Ls Zigarette einen tiefen Zug.

»Wo ist Ronja, ich muss los?« Sie wirkte ein bisschen nervös.

»Was ist das für ein Faschings-Zentrum?«, fragte Tommi L jetzt misstrauisch.

»Ich muss mit Ronja zum Jugendamt.«

Ich: »Was wollen die jetzt wieder von dir?«

»Jugendamt ist immer schlecht«, sagte Tommi L mit wichtigtuerischer Miene und kniff die Augen zusammen.

»So eine Psychologin will einen Intelligenztest mit ihr machen.«

Auf einmal wirkte Lauri niedergeschlagen. Wie sie dastand, geschminkt und in diesen Kleidern, hätte man wirklich meinen können, sie gehe zu einem Kostümfest. Sie machte ein paar Schritte auf mich zu, ich stand auf und nahm sie in den Arm. Komisch – ohne uns was dabei zu denken, hielten wir uns eine Weile. Dann löste sie sich.

»Ich muss los.«

»Wir suchen Ronja«, schlug ich vor. Tommi L wälzte sich aus seinem Sessel und lief hinter uns her.

Ronja saß zusammen mit der Französin in deren Zimmer auf dem Boden, sie machten ein Spiel. Sie schlugen auf den Boden und kicherten, und jede hatte einen Haufen Kram vor sich liegen. Lauri war verärgert, packte Ronja wortlos am Arm und würdigte die Französin keines Blickes.

»Wir haben Busen gespielt«, sagte das Kind.

Lauri antwortete nicht und zog Ronja nach draußen.

»Du musst das Kind auch was anziehen!«, rief ihr Tommi L hinterher, als sie schon draußen waren.

Aber wie ihre Tochter aussah, war Lauri jetzt egal. Sie stapfte vom Hof.

»Wieso habt ihr euch umarmt? Geht da was?«, fragte Tommi L später, als wir wieder im Wohnzimmer saßen, und grinste ein widerliches, geiles Grinsen. Ich sah ihn eine Weile düster an und sagte dann: »Weil sie traurig war.«

»Aber sie hat nicht geheult.« Tommi L machte eine Denkpause, ehe er schlussfolgerte: »Dann darf ich sie das nächste Mal umarmen.«

Ich sagte nichts.

»Was machen die mit Ronja? Was für ein Intelligenztest?«

»Keine Ahnung. Gib mir mal ne Zigarette.«

Tommi L sagte, er habe keine, obwohl ich genau wusste, dass seine Packung noch nicht leer war. Ich zuckte mit den Schultern.

»Wenn wir nur an Geld kämen«, machte er in heuchlerischem Ton, aber nur, um irgendwas zu sagen und von der Zigarettensache abzulenken, er war ein grauenvoller Lügner.

»Ich denke da seit einiger Zeit über was nach, Tommi«, begann ich. »Würdest du mitmachen? Es gibt Kohle, aber es ist auch ein Risiko dabei.«

Ohne nachzudenken sagte er: »Na klar, bin dabei.«

Es ist mir kein Rätsel, warum Tommi L sein ganzes Leben lang immer in Schwierigkeiten gerät.

Einzugsermächtigung

Nachmittags hörte ich es von unten fluchen und scheppern. Eine Zeit lang ignorierte ich das, aber dann ging ich runter. Tommi L lief mit eingezogenem Kopf in der Küche hin und her und wischte sinnlos mit einem alten Lappen auf den Tischen herum. Die Französin stand am Waschbecken, ohne sich zu bewegen, sah abwesend aus und hatte die Hände im warmen, schaumigen Wasser. Gabriel wütete und schrie. Er schrie alle an, fegte, warf schmutzige Sachen auf einen Haufen auf dem Boden und trat gegen den Mülleimer.

»Du willst, dass wir sauber machen?«, fragte ich ruhig.

Da er mich für kooperativ hielt, redete er in normalem Ton mit mir: »Wir machen die Küche sauber, wär toll, wenn du mithelfen würdest.«

»Na klar«, hörte ich mich sagen und hatte sofort einen Besen in der Hand.

Später gab es doch noch Streit. Es fing mit dem Lappen an.

»Nein, nicht wegwerfen! Das ist mein Lieblingslappen!«, schrie Tommi L Gabi an.

»Der Lappen stinkt!«, schrie der zurück.

»Nein, den kann man doch auswaschen!«, brüllte Tommi L und fingerte im Müll nach dem Lappen. Wenn Tommi L so wütend ist, ist es erfahrungsgemäß sinnvoller, nachzugeben. Aber im Haus und bei allen Aktionen, die mit Gemeinschaft zu tun hatten, fühlte Gabriel sich als Boss und uns allen moralisch überlegen.

»Alle Flächen, die du mit dem Lappen berührt hast, stinken jetzt!«, rief er.

Tommi L schnaufte wütend, erhob sich und walzte auf Gabriel zu, der jetzt doch zurückwich. Die Französin kreischte, weil sie Angst vor Gewalt hatte, ich ging dazwischen und nahm Gabi beiseite.

»Ist doch scheißegal, ob die Flächen stinken«, flüsterte ich, »vorher haben sie doch auch gestunken.«

Da musste Gabriel gegen seinen Willen lachen.

»Ey, was lacht ihr da!«, hörten wir Tommi Ls empörte Stimme hinter uns.

»Ich hab nicht gelacht«, rief Gabi patzig.

»Du hast nicht gelacht? Bin ich blöd oder was?«, ging es weiter, und dann: »Du wohnst hier nicht, Arschloch! Geh in dein' Müllcontainer!«

Nun musste ich Tommi L beiseitenehmen. Ich rief ihm eindringlich ein paar Sachen in Erinnerung. Schließlich gehörte Gabriel das Haus. Er bezahlte uns das ganze Heizöl und das Wasser und alles, nur damit Lauri hier warm duschen konnte.

Tommi L stutzte. »Wieso macht er das?«, flüsterte er fassungslos.

»Ich habe es nie wirklich verstanden«, musste ich zugeben. Es entstand eine Pause.

»Dann könnten wir netter zu ihm sein.«

»O. k.«

Wir machten sauber, so gut wir es eben verstanden, und dann platzte die Bombe: »Es zieht nämlich hier ein Kumpel von mir ein. Also ein Kollege eigentlich«, sagte Gabriel zufrieden, als wir fertig waren und Kaffee tranken.

In mir kochte es sofort hoch. Warum er das nicht vorher gesagt habe, wollte ich wissen, und ob er uns nicht vielleicht hätte fragen sollen. Mein Atem ging heftig, und ich wurde rot.

Gabriel merkte das, aber er blieb kühl: »Denkst du, ich frage dich bei jedem Scheiß?«

Und dann fing die Nummer mit dem »Wer zahlt hier was?« doch noch offiziell an. Innerlich hätte ich kotzen mögen. Während ich ihm zuhörte und meine Tasse fest umklammerte, gab es einen netten kleinen Gedanken, der mich irgendwie beruhigte. Rede du nur, dachte ich, morgen früh, wenn du Geld verdienen gehst, vögle ich wieder deine Frau.

Natürlich hatte Gabi seine Gründe. Er hatte für alles einen vagen, unverständlichen Grund. Es war immer so ähnlich wie mit dem Geld, das ich mir geliehen hatte. Es ging ihm nicht darum. Er zahlte und ließ wohnen, um Macht auszuüben.

Kinderangst

Gabriel war ganz frühmorgens von einem Typen abgeholt worden, der ein rotes Auto fuhr. Ich hörte es die Einfahrt hinaufholpern, obwohl ich noch fast schlief. Sofort hing ich am Fenster. Gabi begrüßte einen Kerl, der aussah wie ein Sozialpädagoge. Lang und dünn war er, richtig mager, und lange Haare hatte er. Sie lachten und redeten und schlugen mit den Armen um sich, um zu demonstrieren, wie kalt es war. Sie fuhren los, und Gabi stieg extra noch mal aus und versperrte wieder das Gatter am Ende der Einfahrt.

Er hatte diese dicke rostige Kette mit nagelneuem Schloss um unser Tor gewickelt, weil er kontrollieren wollte, wer von uns wohin fuhr. Oder, besser gesagt: Er wollte, dass niemand irgendwohin fuhr, ohne dass er davon wusste. Dieses ganze Scheißgerede über Vertrauen und Verantwortung war doch nur Mist. Am Ende merkst du, es ist Mist, und stehst vor einer verschlossenen Tür.

Als er wieder eingestiegen war, mahlte der Wagen davon. Eine Katze stob zur Seite. Ich sprang in meine Hosen und schlich aus dem Zimmer. Unten in der Tür erwartete mich Lauri. Sie hatte Ronja dabei.

»Ich wollte dich überraschen«, sagte sie. »Aber du bist schon wach.«

»Ronja, geh spielen«, sagte ich zu dem Kind und schob es Richtung blaue Tür.

»Nein!«, protestierte es und griff wie ein Affenbaby nach seiner Mutter.

»Lass sie«, sagte Lauri.

Ich seufzte und trat ins Freie. Bot Lauri eine Kippe an, aber sie wollte nicht.

»Nich vor dem Kind.« Wir gingen spazieren.

»Hey, Ronja!«, rief ich. »Siehst du den Baum da? Kannst du da hochklettern?«

»Der ist zu hoch für sie.«

»Überhaupt nicht!«, widersprach ich und sprang an einen der unteren Äste, um zu zeigen, wie leicht das ging.

»Los, Ronja, mach mal! Du bist doch ein kleiner Affe, oder?«

Ronja umklammerte Lauris Bein und drückte ihr Gesicht in Mamas Rücken.

»Komm, ich helfe dir auch, musst keine Angst haben.« Ich zerrte sie hinter Lauris Bein hervor und hob sie hoch, sodass sie den Ast greifen konnte.

»Na los, pack den Ast!«, rief ich, aber sie quengelte nur. Ich lockerte ein paar Mal den Griff und tat so, als ließe ich sie fallen, aber sie kreischte wie am Spieß. Ich lachte. Als sie wieder unten war, klammerte sie sich erneut an Lauris Bein.

»Los, geh spielen, Ronja«, rief Lauri und schickte Ronja weg. Die lief in die Wiese.

»Du machst ihr immer Angst«, sagte Lauri.

»Ich will ja bloß, dass sie was macht«, verteidigte ich mich. »Sie macht nie was.«

»Sie ist sieben. Sie kann so was noch nicht. Verstehst du das?«

»Ich hätte ihr doch geholfen.«

Lauri schwieg. Sie hatte was dagegen, wie ich das Kind behandelte, aber sie ließ nichts raus.

»Aber man muss sie doch frühfördern«, wandte ich ein.

»Hör auf mit so Scheißbegriffen. Sie hat Angst vor dir, weil du immer was von ihr willst.«

»Von dir will ich auch immer was, und du hast keine Angst vor mir.«

»Sei nicht so dumm und platt. Du redest wie der letzte Spacko. Das ist nicht romantisch.«

Sie hatte recht. Ich schämte mich und ließ ihre Hand los.

»Du magst keine Kinder, oder?«, fragte sie.

»Ne. Die machen nichts. Die haben immer nur Angst vor allem. Doch eigentlich mag ich sie schon.«

»Vor dir hat sie Angst«, behauptete Lauri, und dann sah sie mich komisch an und sagte: »Du hast auch manchmal Angst.«

»Ne. Ja.«

Lauri sagte eine Zeit lang nichts. Dann: »Ich kann dir auch Angst machen.«

»Wie meinst du das?«, fragte ich.

»Ach, nichts.«

Wir gingen eine Weile weiter, dann kam es doch aus ihr heraus. Sie hatte ihre Tage nicht bekommen. Nach den üblichen Beschwichtigungsversuchen wurde uns doch mulmig.

»Aber nimmst du nicht die Pille?«, fragte ich alarmiert.

»Nein. Ich kann nicht mehr schwanger werden.«

»Woher weißt du das?«, bohrte ich nach.

Sie wusste es gar nicht. Sie glaubte es, weil sie das Gefühl hatte, dass die Hormone bei ihr komisch seien. Weil sie kaputt sei vom Rauchen und den Pillen und dem Alkohol.

Wir gingen zurück, meine Nackenhaare sträubten sich noch immer, uns zu berühren wagten wir nicht.

»Was für eine Blume ist das?«, fragte Ronja, die mit einem blauen Kraut ankam.

Lauri antwortete nicht, sie war wohl ziemlich fertig.

»Das ist eine … Margerite«, erfand ich.

»Nein, Margeriten sind weiß«, lächelte Ronja mich altklug an.

»Ich meine ja auch eine Meer-Margerite. Die sind nämlich blau«, behauptete ich.

»Oh, und die da?«, zeigte sie auf einen halb verblühten Strauch. »Die duften.«

»Das sind … also das ist Flendel- … Lavieder«, sog ich mir aus den Fingern. Lauri schmunzelte. Ronja wusste genau, dass ich die Namen erfand, aber es machte ihr Spaß, mich nach immer neuen Blumen zu fragen: »Und das?«

»Mathisblume.«

»Und die da?«

»Lovis … äh … ginster.«

»Und die?«

»Hoffnung-Blume«, sagte ich und pflückte sie für Lauri. Soweit war der Tag gerettet.

»Und was sagst du Gabriel, wenn es stimmt?«, fragte ich.

Wir saßen in ihrer Wohnung, und sie war angefüllt mit Angst und Nervosität. Alles sah uns darin scharf entgegen, und freundlich schien nichts. Der Kaffee war schon kalt. Bei jedem Geräusch fuhren wir auf.

»Das wäre eine Katastrophe.«

»Verprügeln wird er dich schon nicht.«

»Aber dich vielleicht.«

Das Schlimmste war: Wir konnten uns nicht mal gegenseitig trösten. Ich wagte es nicht, sie in den Arm zu nehmen. Sie zu berühren, schien mir, würde alles schlimmer machen. In jedem Streicheln läge eine Erinnerung, ein Mahnen an den Leichtsinn der Nächte. Ihr ging es wohl genauso, denn sie rückte weg, wenn ich mich ihr näherte.

»Warum haben wir nicht aufgepasst?«, jammerte sie.

»Ich dachte, du nimmst die Pille!«, rief ich.

»Ich muss einfach wieder mit ihm schlafen«, sagte sie.

Ich fuhr zurück. Sie hätte mich auch schlagen können, so traf mich das.

»Ja, was soll ich denn sonst machen?«

»Wieso trennst du dich nicht von ihm?«

»Das geht nicht.«

»Schlaf nicht mit ihm! Das garantiert uns auch nicht, dass er nichts merkt.«

»Wenn es dir wichtig ist«, sagte sie leise und lächelte.

»Ich denk mir was aus«, sagte ich und erhob mich. Sie stand auch auf. Jetzt langte sie nach meinem Gesicht und streichelte meine Wange. Das wäre ein schöner Moment gewesen, um von ihr loszukommen, aber da war noch etwas, das mich beschäftigte, und jetzt brach es einfach so aus mir heraus.

»Warum lässt Gabi hier einen Typen einziehen?«, fragte ich das, was mir schon seit dem frühen Morgen auf den Lippen gebrannt hatte.

»Keine Ahnung. Einfach so. Vielleicht jemand, der sonst nichts findet.«

»Mann, wie naiv bist du denn?«, fuhr ich sie an, »der macht nichts einfach so. Der Typ hat für alles seine Gründe. Aber die behält er schön für sich.«

»Du leidest doch an Verfolgungswahn!«, rief Lauri.

»Nein«, verteidigte ich mich, »das ist wie mit dem Geld, wie mit allem. Er will was von uns, sonst würde er uns nicht hier wohnen lassen. Er will auch was von dir, irgendwas will er auch von dir, warum hätte er dir damals sonst helfen sollen?«, redete ich mich in Rage.

Lauri weinte fast, aber sie biss die Zähne zusammen: »Vielleicht, weil er mich liebt?«

»Oh Gott, wie naiv bist du?«, fragte ich noch mal brutal.

Lauri schwieg. Wenn sie noch Tränen in den Augen hatte, zeigte sie es mir nicht. Ihr Gesicht fiel zu wie ein Vorhang nach der Vorstellung. Aber ich konnte nicht aufhören, ich redete weiter.

»Niemand macht was für andere nur einfach so. Der hat seine Gründe für alles, was er tut. Schau doch mal: Ich hole mir Tommi L ins Haus. Er schaut sich das ne Zeit lang an, dann holt er sich auch einen Typen ins Haus. Ganz einfach. Und du? Du bist der lebende Beweis für ihn, dass er ein guter Mensch ist. Das ist alles. Und wenn er dich jetzt auch wieder ficken kann, wann er will, ist doch alles gut. Das ist doch ein Grund.«

Sie schlug mir ins Gesicht. Immerhin etwas. Ich ging. Aber in der Nacht ließ mich der Gedanke, dass Lauri mehr wusste, als sie mir sagte, nicht los.

Ich wälzte mich von einer Seite auf die andere und konnte nicht aufhören, mir vorzustellen, wie die beiden über mich sprachen. Wie sie ihm alles beichtete, wie er sie nahm und fickte, wie und wo er wollte. Scheiße. Ich schlich sogar einmal die Treppe hinunter, um zu sehen, ob bei den beiden noch Licht brannte. Es brannte nichts, aber in mir hörte es nicht auf zu brennen. Es fühlte sich an, als hätte Gabi mir eine Ohrfeige gegeben. Und die wollte ich ihm zurückzahlen. Morgen. Morgen. Sollte er doch sehen, wer der Herr im Hause war.

Und da kam mir diese wundervolle, verrückte Idee. Das würde ein Heidenspaß werden und nebenbei noch das nötige Kleingeld für den Juwelier einbringen. Es war fast lächerlich einfach, die anderen dazu zu bewegen, mitzumachen.

Tante Crystal

Wir würden der guten alten Tante Crystal zu Aufschwung und neuem Leben verhelfen. Schließlich kam die Weihnachtszeit, und wir wollten etwas Gutes tun. Also wuchteten wir die großen Kochtöpfe für die bevorstehende Festtagsleckerei hervor. Dazu kauften wir kistenweise Chlor, Superreiniger, Flüssigseife und Lebensmittelfarbe, man will ja nichts dem Zufall überlassen. Das sind die gleichen Zutaten, mit denen der Fachmann auch Sprengstoff herstellen kann, aber wie bei allem gilt hier: Die Dosis macht das Gift.

Ich hatte einen zerknitterten Zettel hervorgekramt, auf dem das Rezept stand. Ein alter Mann mit Löchern in der Haut hatte ihn mir gegeben und das Geheimnis verraten: Die Lebensmittelfarbe ist der Trick – denn das Auge isst mit, Farbe macht gute Laune, und gute Laune ist das, was wir verkaufen wollen. Oder, besser, nein – machen wir es wie die Uhren: Verticken wollen wir's mit der stiller werdenden Zeit, dass an Heiligabend die Glocken läuten.

Ob man nicht mit was Ehrlicherem Geld verdienen könnte? Nein, Gabi, kann man nicht. Denn wenn wir's nicht tun, tut's ein anderer. Und von Fremden soll man nichts annehmen, sagt Mutti. Also lieber von uns. Denn wir kennen uns alle schon länger, als uns lieb ist, und somit ist's gut. Lauri, mach den Ofen an, es ist kalt und riecht noch nicht nach Chlor-Halluzino-Happiness. Gabi geht angewidert hinaus und lässt kalte Luft herein, was für ein Spielverderber. Tommi L sitzt auf dem Boden und bedient mit schwerem Schnaufen, das er gar nicht nötig hat, den Mörser, denn der dreht sich doch von selbst, so froh wie er ist, wieder benutzt zu werden. In die schöne Marmorschale tropft mit gutem Gefühl für die Menge die Französin das feine Ephedrin. Schnell, Lauri, den Gasbrenner an, wir können nicht so lange warten, erhitzen und dann abkühlen. Alle stehen mit Weihnachtsgesichtern um die Kuchenplatte rum und blasen sanft den kleinen, wertvollen See trocken. Und ab in die sauberen Tüten! Sind die sauber, Tommi? Ja, sie sind auf links gedreht und somit sauber. Apropos sauber! Jetzt geht's an die hohe Frage der Qualität. Denn rein soll das Meth schon sein, das steht auch in der Anweisung, dass es rein sein muss, damit niemand stirbt. Also in den Keller gelaufen! Die Französin hält die Platte auf den dünnen Säulen ihrer Arme in die Höhe, und wir folgen mit Gejohle hinterdrein, eine schöne, räudige Polonaise. Da steht ja auch der Karton mit dem Waschmittel. Ja, wo sonst soll es denn sein. Hinein mit dem weißen Pulver, dass der Stoff ganz sauber ist, und da wird es ja auch viel mehr, oh Wunder, wie schön. Mehr und mehr und mehr und sechsmal so viel wie vorher, und die Dollarzeichen in den Augen leuchten wie Verkehrsampeln.

»Sollen wir uns einen Hit gönnen?«, fragte Lauri etwas unsicher, nachdem wir so etwa ein Viertelgramm hergestellt hatten und uns nach der ersten Euphorie eine Pause gönnten.

»Wir sollten schon wissen, ob es geklappt hat«, meinte ich.

»Tommi L, du kriegst die erste Line«, sagte Lauri selbstlos und schob ihm eine kleine, gerollte Alufolie hin.

Aber Tommi L wollte nicht. Er wich entsetzt zurück. Die Französin brauchten wir nicht zu fragen, es war klar, dass sie das Zeug haben wollte. Am liebsten alles für sich. Sie rutschte auf ihrem Stuhl herum und sah gierig auf die Kuchenplatte.

»Ne, du kriegst nichts!«, rief Lauri ihr zu, und ich stieß sie gleichzeitig ein Stück außer Reichweite.

»Warum nicht? Ich bin die Einzige, die weiß, wie es sich anfühlen muss! Ich bin Expertin.«

Das war der längste Satz, den wir seit Langem aus ihrem Mund gehört hatten. Wir waren sprachlos. Wenn die Gier der Französin nach den schönen Kristallen sie zu solchen geistigen Höchstleistungen anspornte, war das Zeug wirklich nicht ohne.

»Es ist nur wie Koks«, sagte ich, bereitete mir eine Line und sog sie ein. Ich freute mich auf den Rausch, denn irgendwie dachte ich, dass ich und Lauri uns dann später irgendwo versteckt hemmungslos lieben würden, ohne irgendeinen störenden Gedanken an Eierstöcke, Gabi oder komische Kühle. Dann war kein Halten mehr. Erst griff Lauri zu, dann die Französin, und schließlich, wenn auch zögerlicher und misstrauisch, Tommi L. Wie gut, dass Gabi nicht da war. Wie gut, dass Lauri mich angrinste – wie gut, dass … wie gut … wie gut!

Die nächsten acht Tage waren wir alle wach. Am Anfang liefen wir wie bekloppt auf dem Hof herum und im Haus die Treppen hoch und runter und machten alle möglichen sinnlosen Sachen, nur um die ganze Energie loszuwerden, die wir auf einmal hatten, und es machte uns überhaupt nichts aus, wir fühlten uns großartig dabei. Ich glaube, wir saßen auch ein paar Tage lang in der Küche und tranken alles aus, was flüssig war. Tommi L und ich konnten eine Stunde hinter dem Haus pissen und dabei ununterbrochen kichern.

Die Französin war die Erste, die plötzlich aufhörte, sich auf einem Sofa zusammenrollte und sich nicht mehr bewegte. Zwischendurch heulte sie, aber wir fanden alles nur toll.

Als wir das gesamte Bier leer hatten, hatte ich einen super Trip: Wir lachten uns kaputt und fielen von den Stühlen, wir konnten nicht aufhören. Wir krümmten uns auf dem Küchenboden und bepissten uns, bis uns die Bäuche wehtaten. Mit der Zeit wurde es immer heißer. Richtig heiß in dem kleinen Raum. Die Französin ging ganz langsam zum Fenster und öffnete es. Strahlen von den Sternen kamen herein und sogen uns an. Was Tommi L und die kleine Drogensüchtige machten, weiß ich nicht mehr, es war mir so scheißegal. Ich sah Lauri aus dem Zimmer schweben. Komischerweise hatte sie untenrum nichts mehr an. Das war so toll, dass ich anfing, ihr nachzuschweben. Als sie am Fenster angekommen war, passte sie nicht durch, weil ihre Beine gespreizt waren. Ein paar Mal ruckelte sie hin und her, aber es ging nichts vorwärts. Jetzt kam ich nach. Ich schwebte praktisch mit der Nase direkt in ihre Muschi. Herrlich. Aber dann waren wir auf einmal im Himmel. Um uns herum waren überall Sterne und Sternnebel und Spiralnebel, und sie waren bunt, nicht weiß, wie man das kennt, nein, bunt in allen Farben! Wir flogen, und es war schön, Lauri an der Hand zu nehmen und nichts, aber auch gar nichts anderes zu fühlen als Freude. »Ich liebe dich, Lauri, ich liebe dich, ich wollte es dir schon immer sagen!«, rief ich ihr zu. Wir wurden höher und höher gesogen, und langsam wurde mir etwas schwindelig. Ich wollte wieder zurück oder mich an irgendetwas festhalten. Aber Bäume gab es in dieser Höhe schon nicht mehr. Das ging jetzt immer schneller und schneller, und es war gar nicht mehr schön, wie ein umgekehrter Fall war es, aus dem ich mit Herzklopfen hochschreckte.

Ich lag in meinem Bett. Das dauerte sehr lange. Es war dunkel, aber ich konnte alles ganz klar sehen. Ich hatte ein Moskitonetz über meinem Bett. Aber es war nicht nur eines. Irgendwie waren da ganz viele Netze übereinander. Das Bild, das ich mit meinen Augen sah, existierte unzählige Male und war immer Schicht um Schicht übereinandergelegt und ein Stückchen verschoben. Wie Dias oder bedruckte Klarsichtfolien, die auf ihrem Stapel verrutscht waren. Ich begann ganz träge, die Schichten zu zählen. Eine um die andere, wie in einem Fieberwahn, musste ich sie alle zählen. Dabei war ich die ganze Zeit halb wach und halb im Schlaf. Ich konnte nicht aufwachen, und ich konnte nicht einschlafen.

Und dann gelang es mir doch. Ich hatte immer wieder den gleichen Traum: Ich war auf einer weiten Fläche, die ganz glatt aussah. Überall um mich herum standen riesige geometrische Formen. Sie waren körperlos, hatten nur ihre Achsen und Seiten, keine Flächen und Inhalte. Und ich musste die ganze Zeit rechnen, aber ich wusste nicht, was. Und eine um nach der anderen fielen die Formen um. Langsam, aus der Zeit genommen. Das war das Schrecklichste, was es gab. Ich weiß nicht, warum, aber einfach das Schrecklichste, was es gab. Der Traum dauerte unendlich lange.

Als ich endlich daraus erwachte, merkte ich, dass ich wirklich im Bett lag. Es war unerträglich heiß, und meine Haut juckte. Neben mir lag ein Körper. Ich machte meine Augen nicht auf, wagte es nicht, weil ich schon spürte, wie ein unmerklicher, halb schlafender Teil in mir im Hintergrund wieder zählte. Zählte, zählte, zählte. Ich richtete mich auf und wollte Lauri wecken, um mit ihr

Sex zu haben, nur um mich abzulenken. Ich schüttelte sie und stieß sie und zerrte an ihr, aber sie wachte nicht auf. Immer mehr Mücken flogen unter das Moskitonetz, doch ich konnte sie nicht mehr zählen. Erst war es eine, dann zwei, dann drei, vier, fünf, sechs, sieben, acht, neun, zehn, elf. Ich riss mich zusammen und hörte auf, die Mücken zu zählen. Ich wandte mich zu Lauri, aber sie bewegte sich nicht. Dann hörte ich Schritte. Es war Gabi, das wusste ich. Er kam die Treppe rauf, Stufe um Stufe. Ich bekam Angst, rüttelte an Lauri, aber sie war tot, ich versuchte aufzuwachen, aber er kam immer näher. Hatte er eine Waffe dabei? Die Tür ging auf, und da stand er wirklich!

Ich schrie und erwachte, und da waren kein Gabi und keine Lauri und kein gar nichts. Doch, da war etwas. Dahinten im Dunkeln. Ich ging darauf zu und sah eine gigantische Konstruktion in die Leere ragen. Einemillionsiebenhundertachtzigtausend Komma zwei durch Pi. Das Ding war so hoch! Dreihundertvierundachtzig Komma drei durch drei Komma dreihundertvierundachtzig. Und es gab kein Licht. Jetzt fiel es ganz langsam um. Weg durch Zeit mal Masse ist Geschwindigkeit. Unendlichkeit durch Leere mal Nichts ist Grau. Eins, zwei, drei, vier, fünf, sechs, sieben, acht, neun, zehn ... So viele Schichten. Gabi! Er kommt. Nein, doch nicht. Scheißmücken!

Und dann wurde ich ruhiger, obwohl meine Haut etwas juckte. Jetzt waren Lauris Finger an mir. Sie spielte auf meiner Brust, das war schön. Ich drehte mich ihr zu, lag dann aber immer noch auf dem Rücken. Egal, dann konnte ihre Hand an jede Stelle gelangen und mich berühren. Sie tat es, und es krabbelte wohlig auf meinem Bauch. So viel Zeit nahm sie sich selten. Nur die Mücken waren lästig. Sie flogen ihre Angriffe auf mich und surrten und stachen auch. Es juckte. Aber Lauri war da. Ihre Berührungen wurden immer komischer. Sie kitzelte mich. Das war nicht mehr schön. Ich wollte raus, aber es ging nicht. Während Lauris Finger mich mit unerträglich leichten Berührungen bis zum Wahnsinn kitzelten, fingen die Mücken an, unter meine Haut zu kriechen und ...

Gabi hatte den Rest von dem Zeug, das wir hergestellt hatten, weggeworfen oder vernichtet. Nach unserem mehrtägigen Kater waren wir nicht mehr in der Lage, ihm böse zu sein. Wir lagen alle im Wohnzimmer herum und fühlten uns elend. Er hatte wohl auch aufgeräumt, denn ich hatte den Zustand der Küche schlimmer in Erinnerung. Die Tür ging auf, und er kam herein.

»Was ist denn hier los?«, fragte er wie ein verständnisvoller Vater, jedoch nicht ohne eine gewisse Schadenfreude in der Stimme.

»Tante Crystal war zu Besuch«, murmelte die Französin.

Gabi hatte einen riesigen, dampfenden Topf dabei, den er auf den Herd stellte. Und eine Tüte mit Weißbrot. Wir hätten uns auf das Essen gestürzt, aber wir wollten oder konnten uns nur langsam bewegen. Das war richtig nett von Gabi. Bei diesem Essen unterhielt ich mich zum ersten Mal wieder friedlich mit ihm. Lauri saß zwar bei ihm, dennoch war ich voller innerer Zufriedenheit: Wir hatten den ganzen Trip zusammen erlebt, sie und ich. Es war, als wären wir gemeinsam in einem schrecklichen und schönen Abenteuerurlaub gewesen. Ich weiß nicht mal, ob sie wirklich bei meinem Traum dabei gewesen war, also real, und ob wir tatsächlich Sex gehabt hatten, aber in meiner Vorstellung schweißte uns das zusammen.

Kistenweise Ärger

Während bei uns ein verbeulter Polo einfuhr und umzugserprobte Kisten auswarf, musste ich jede Sekunde an Gabi denken und spürte ganz deutlich, dass er was vorhatte. Der Typ, der einzog, war derselbe, den ich neulich morgens schon mit Gabriel gesehen hatte. Eines der ersten Dinge, die er sagte, nachdem er sich vorgestellt hatte, war: »Gibt es noch einen zweiten Kühlschrank, ich bin nämlich Vegetarier.«

Ich musste Tommi L erst mal erklären, dass es Menschen gab, die kein Fleisch aßen.

»Haben die keine Zähne, oder was?«, rief Tommi.

»Nein, das Problem sitzt tiefer«, antwortete ich düster.

Seitdem denkt Tommi L, der Vegetarier habe eine Krankheit, und hat Angst, sich anzustecken. Ich dachte auch darüber nach, eine zweite Toilette anzuschaffen, das wäre eh besser für uns alle gewesen. Aber an diesen Typen hatte ich jetzt schon genug Zeit verschwendet. Ich musste etwas tun, um diese unerträgliche Reibung meiner Gedanken zu stoppen. Tommi L und die Französin standen mir gegenüber.

»Der hat richtige Möbel!«

»Er hat schöne Möbel«, wurde ich aufgeklärt. Der Vegetarier machte Lärm mit der Tür.

»Hallo, könnt ihr mir mal Kisten tragen helfen, Jungs!«, tönte seine fröhliche Stimme zu uns herüber.

Tommi L und ich sahen uns ungläubig an. Hatten wir gerade richtig gehört? Wir sollten dem Vegetarier helfen, bei uns einzuziehen?

»Ich hab auch nen Kasten Bier dabei!«, rief er vergnügt weiter, während er sich mit einem Karton durch die Tür kämpfte.

»Leck mich am Arsch!«, schrie ich zu ihm hinüber. Der Typ ließ die Tür zufallen und verschwand erst mal wieder auf den Hof.

Nach einer kleinen Weile stieß Tommi L mich vorsichtig an: »Er hat gesagt, er hat Bier.«

»Was? Ich dachte, du trinkst nichts mehr?«, machte ich nun Tommi L an.

»Jaja, tu ich auch nicht. Ich trink nichts mehr. Schon zwei Wochen«, erklärte er.

»Und warum willst du dann Bier?«

»Ja, Bier, weil – warum denn nicht? Wir trinken doch immer Bier«, stammelte er.

»Ach so. Also keinen Alkohol mehr. Aber Bier geht schon?«, wollte ich wissen.

»Ja, Bier schon. Aber keinen Schnaps. Seit zwei Wochen. Ehrlich. Ich bin runter vom Alkohol.«

»Du bist also komplett trocken. Du hast es geschafft?«

»Ja, klar. Von den harten Sachen bin ich runter. Ich rühr keinen Alkohol mehr an.«

»O. k. Helfen wir dem Loser.«

Wir gingen auf den Hof. Lauri und Gabriel standen Händchen haltend bei dem hageren Typen, dessen Namen ich mich weigerte, mir zu merken. Sie warf mir blitzschnell einen traurigen und seltsamen Blick zu. Die beiden Männer sahen unheilvoll herüber.

»Spaß, Alter!«, rief ich. »Was sollen wir tragen?«

Wir packten an und schleppten das Zeug für den neuen Mitbewohner hoch. Ganz richtig, da waren auch gute Möbel dabei, solche, die man kauft, nichts vom Müll oder so. Der Vegetarier stand währenddessen im Hof und glotzte und wechselte mit Gabriel immer wieder ein paar leise Worte. Die beiden gefielen mir nicht, aber jetzt machte ich gute Miene zum bösen Spiel. Gabriel sah mich irgendwann an, und in seinem Blick lag eine sehr deutliche Prise Hass. Ich dachte fieberhaft nach während der Arbeit, ob er schon was gemerkt haben könnte. Meine Hände waren tatsächlich feucht, ich weiß auch nicht, wieso, dieser blöde Feigling machte mir doch keine Angst. Wie viele Kisten passten denn noch in so einen dämlichen kleinen Polo?

Wenn er schon was wüsste, hätte mich Lauri doch irgendwie gewarnt!

»Was haste denn hier drin, Pflanzenfresser? Gewichte?«, rief ich einmal über den Hof.

»Bücher«, antwortete er.

Ich ging mit der Kiste einen Umweg, hin zu den beiden. Wollte herausfinden, ob ich mir die seltsame Stimmung nur einbildete oder ob was dahintersteckte.

»Was steht ihr denn so feierlich rum?«, fragte ich.

Gabi antwortete nicht.

»Du schaust mich an, als wolltest du ne Gebrauchsanweisung über mich schreiben«, fügte ich hinzu.

Er grunzte nur unverständlich.

Ich wandte mich an seinen Kollegen: »Findest du es richtig, dass wir dein Zeug hochtragen, während ihr hier rumsteht? Ich nicht.« Ich stellte dem Neuen die Kiste vor die Füße, setzte mein breitestes Grinsen auf und sagte: »Die ist für dich. Das schaffst du schon alleine.«

Der Vegetarier tat locker, entschuldigte sich und zog ab. Gabi sah mich an.

»Ich will mit dir reden«, sagte er. Mir lief es kalt den Rücken runter, aber ich ließ mir nichts anmerken. Ich riskierte einen Blick zu Lauri hinüber, aber die schien ganz normal.

»Dann schieß mal los!«, forderte ich Gabi auf und machte mich auf alles gefasst.

»Ja, ich sehe, dass dir das nicht passt, dass mein Kollege hier einzieht, nicht?«, begann er.

Ich wiegte den Kopf hin und her.

»Ist ja dein Haus«, gab ich zu.

»Ich versteh, dass du misstrauisch bist gegenüber Fremden. Ja, das verstehe ich, auch aus deiner Vorgeschichte.«

»Ist manchmal angebracht«, wandte ich ein.

»Ja, Nik, wem vertraust du überhaupt? Also das sag ich dir ganz klar: Mir kannst du vertrauen. Das ist dir ja wohl grundsätzlich klar, nicht?«

»Gabi, was willst du mir sagen? Ich will die anderen nicht alles alleine schleppen lassen«, drängte ich.

»Na, bleib mal hier. Ich will dir ja was sagen. Also erst mal, mein Kollege hier«, und er nannte einen Namen, den ich sofort wieder aus meinem Gedächtnis schob, »mein Kollege hier arbeitet in Bayreuth. An einem Ort, wo man in dieser Gesellschaft bestimmte Leute wegsperrt. Leute wie dich. Und Tommi und die Sandrine, ja? Weil ihr ja immer wieder straffällig werdet und auch in der Vergangenheit wurdet. Ich lasse euch hier wohnen als Alternative zu alldem da draußen. Aber ich möchte bitte, dass du begreifst, dass das hier kein Versteck ist für euch, so im Sinne eines Fluchtversteckes oder so. Ja, so eine Räuberhöhle. Nein. Das hier ist eure Alternative zu dem, was euch da draußen blüht. Die müsst ihr aber auch nutzen und selber bereit sein zu zeigen, dass ihr es zu was bringt, wenn man euch nur die Chance gibt. Du denkst, ich seh das alles nicht, was du hier treibst. Ich seh das alles, Nik. Ich bin doch nicht blöd. Ich lass dich auch. Weil ich halt denke, dass du das irgendwann begreifst. Das hoffe ich eben, das ist meine persönliche Hoffnung. Gut, mein Risiko. Aber du bist eben intelligent genug. Und ich verspreche mir schon, dass mit meinem Kollegen noch ein bisschen mehr Struktur hier reinkommt. Wenn du willst, kannst du nämlich ganz schön was erreichen, Nik. Du vor allem. Aber eben du bist auch von deinem Charakter her so, dass du die anderen – Tommi L meine ich und so, ja? –, dass du die beeinflussen kannst. Das nutzt du auch, und dann nehmt ihr Drogen oder klaut Holz, ja gut. Das ist alles ja nur Kleinkram, das ist mir innerlich eigentlich vollkommen wurscht. Das ist doch lächerlich, da hab ich schon selbst schlimmere Sachen gemacht. Aber schau mal: Du kannst auch in der anderen Richtung was erreichen. Ich meine so, dass du eine Verantwortung übernimmst für die anderen. Ich gebe dir hier letztendlich die Möglichkeit, den Leuten da draußen zu zeigen, dass man Menschen wie dich nicht wegsperren muss. Du bist Teil der Gemeinschaft. Also wenn es eine Gemeinschaft wäre und keine Gesellschaft. Verstehst du?«

Ich schwieg und nickte.

»Weißt du, warum ich das alles mache? Wir müssen einfach dem Staat zeigen, dass es Dimensionen gibt, die werden vernachlässigt. Und diese Dimensionen wollen wir aufzeigen. Man sieht ganz deutlich, dass wir doch einen Staat haben, der auf sehr viel Kontrolle setzt. – Ich bin nicht dagegen, ich bin auch dafür. Aber was wir brauchen, das ist auch Intelligenz und auch Emotionalität, ja? Nicht nur Mauern an jeder Stelle. Das kotzt mich so an. Ich will einfach, dass das hier klappt. Und da wirst du auch nicht gegen ankommen. Also schlepp weiter und werdet da drüben dann mal eine friedliche WG. Ja?«

»Ja«, sagte ich.

»Verstehst du? Ja?«

»Ja«, sagte ich wieder. Aber ich verstand nicht. Denn ich hatte vor ein paar Sekunden etwas gesehen, das mir vor die Augen sprang wie ein heißes Eisen: Lauri stand die ganze Zeit während der Rede neben Gabi, und auf einmal nahm sie die Hand hoch – die Hand, die vorhin in Gabis gelegen hatte – und strich sich über die Augen. So als könnte sie nicht mehr zuhören. Und da sah ich es: Es blitzte an ihrer Hand. Ein Ring. Ein Ring, den sie vorher nicht getragen hatte. Schmales Gold und schmale Steinchen. Woher kam der Ring?

Gabi schnaufte und erholte sich von seiner Tirade, ich setzte mein Friedensgesicht auf und schwor, mich zu bemühen. Dann ging ich wieder an meine Arbeit. Die Französin tänzelte herunter und hielt mir einen Zettel hin. Das besserte meine Laune, denn darauf stand in ihrer krakeligen Kinderschrift ihr Bestellzettel für die nächste Woche.

»Ist das für nen Club oder für dich privat?«, lachte ich sie an, denn die Liste war lang und abwechslungsreich.

Sie zuckte nur mit den Schultern.

Das war gut. Denn es baute mich auf, dass sie auf meiner Seite war und mich brauchte. Außerdem verlieh mir das eine gewisse Macht über das Mädchen mit dem dünnen, blondierten Haar. Sie würde da sein, wenn es darauf ankam. Das würde bald sein.

Tommi L sah mich bitterböse an, als er schwitzend in die Küche kam.

»Das war ne Scheißarbeit«, maulte er.

»Ich weiß«, sagte ich.

»Hm«, machte Tommi L. Er stand in der offenen Tür. Offensichtlich hin- und hergerissen zwischen Wohnzimmer und Hof.

Ich merkte, dass ihm etwas wirklich Sorgen machte, und deswegen fragte ich ihn: »Tommi, worüber denkst du nach?«

»Der Vegetarier. Er hat gesagt ›ein Kasten Bier‹, oder? Nur ein'.«

»Ja. Hat er gesagt.«

»Aber du und ich – wir sind zwei.«

Fix it!

Es war schon ein bisschen kälter geworden. Tommi L, der nicht gerne fror, war mit einem Bollerwagen auf den Schrottplatz gelaufen, um so was wie Fenster aufzutreiben. Der Vegetarier fuhr jeden Tag mit seinem Polo nach Bayreuth, aber keiner von uns nutzte diese Mitfahrgelegenheit, sonst hätten wir uns unterhalten müssen, und worüber soll man mit so einem Menschen reden? Gabriel war etwas ruhiger geworden, und Lauri und ich vorsichtiger.

Ich hatte die Frage, ob Lauri seit jenem Spaziergang damals wieder das Bett mit Gabi teilte, verdrängt, und sie sprach auch nie darüber. Vielleicht wartete sie darauf, dass ich von mir aus davon anfing, oder es war ihr lieber, zu schweigen.

An einem dieser Morgen kam Fix nach Hause. Nach Hause stimmt eigentlich nicht, da er schon lange nicht mehr hier wohnte, aber so fühlte es sich an. Gabriel war noch nicht weg, ich guckte immer aus dem Fenster, um die Einfahrt im Auge zu behalten, da sah ich ihn: Fix. Mit Rucksack, Zimmermannshose und Schiebermütze wirkte er wie ein ehrlicher Landstreicher. Das Schönste an ihm war das Lächeln, das er im Gesicht hatte, als er die Einfahrt langlief. Er bemerkte mich nicht, schien selbstzufrieden oder in Gedanken und pfiff vor sich hin. Ich rannte runter in die Küche und hätte fast die Französin umgeworfen, die einfach so in der Tür stand. Ich war so gut gelaunt, dass ich sie anstupste und sagte: »Aufwachen! Wir kriegen Besuch.«

Sie lächelte und setzte sich an den Tisch.

»Kannst du mir Geld geben?«, fragte sie mich.

»Nein«, sagte ich jetzt etwas verstimmt.

»Aber ich hab ewig keins bekommen. Keiner hat mir seit Wochen was gegeben.«

»Warum sollten wir auch? Ich bin nicht deine Mama.«

»Tommi gibt mir manchmal was.«

»Tommi hat auch nen Job.«

»Wieso arbeitest du nichts?«

Gott sei Dank blieb mir die Antwort auf diese Frage erspart, denn in dem Moment kam Fix zur Tür herein. Die Französin sprang vom Stuhl, traute sich aber nicht, irgendetwas zu sagen. Sie starrte den Neuankömmling nur an und war sichtlich angetan. Wir tranken eine Tasse Kaffee und tauschten ein paar Neuigkeiten aus.

»Wo ist denn die kleine Sonja?«

Sonja? Ach ja, richtig, er meinte ja Ronja. Ich hielt es nicht mehr aus und rannte rüber zur blauen Tür, es war mir scheißegal, ob Gabriel jetzt noch da war oder nicht. Vor der Wohnung saß Ronja gelangweilt und manschte in einem Kindertopf herum.

»Was ist denn mit dir los?«, rief ich ihr zu.

»Die haben mich rausgeworfen.«

Ich schickte sie rüber zu uns in die Küche und klopfte an der blauen Tür. Obwohl ich Geräusche hörte, reagierte niemand. Ich öffnete die Tür. Das hätte ich mal lieber nicht tun sollen. Durch den Spalt in der Verbindungstür konnte ich deutlich sehen, was Lauri und Gabriel machten, und es gefiel mir nicht. Sie hörten auf, und ich erkannte aus ein paar Wortfetzen, dass sie Ronja des Klopfens und Störens verdächtigten. Ich ging raus und machte die Tür wieder zu. Stand kurz unschlüssig da. Meine ganze gute Laune war weg. War überhaupt nicht mehr viel von da innendrin. Was hatte ich denn erwartet? Gabriel steckte sein Gesicht aus der Tür und sah in mein trauriges und düsteres. Er war überrascht, denn er hatte gerade anfangen wollen, mit Ronja zu schimpfen.

»Ach du? Wo ist Sonja?«

»Ist in der Küche bei uns. Ich – äh – wollte Lauri was sagen. Fix ist da.«

»Wir kommen gleich rüber, Nik. Lauri ist noch nicht ganz fertig. Danke, dass du Bescheid gesagt hast.«

Ich drehte mich um und ging weg.

Drüben bei Fix konnte sich meine schlechte Laune nicht lange halten. Ich erzählte allerhand und fragte ihn, ob ich hier noch eine Weile mit ihm rechnen könnte.

»Wie lange brauchst du mich denn hier?«, fragte er am Ende meiner Ausführungen. Mir gefiel die Frage nicht, denn in ihr schien mitzuschwingen, dass Felix eigene Pläne hatte und andere Sachen im Kopf als uns, obwohl wir eigentlich immer irgendwie auf ihn warteten.

»Gabriel benimmt sich in letzter Zeit so n bisschen seltsam«, sagte ich, »er schließt das Tor ab und will nicht, dass wir ohne ihn in die Stadt gehen. Ich glaube, er hat Paranoia, dass wir was anstellen könnten.«

Fix sah mich nur lange an und lächelte mit so einem überheblichen Lächeln.

Trotzdem, dann begann eine schöne Zeit. Mit Fix kehrte auch ein bisschen Ordnung zurück. Wir machten wieder Sachen zusammen, besorgten Essen, feierten, luden mal jemanden ein. Wir machten uns daran, die Fenstersituation zu verbessern, und mit Fix gelang das auch teilweise, weil er sich mit Holz gut auskannte.

Eines Tages sahen wir Tommi L draußen in der Kälte stehen und dampfen. Er stützte sich auf die Deichsel des Bollerwagens und grinste und hustete abwechselnd.

»Ich hab nur Schrott gefunden«, begrüßte er uns.

Fix und ich schauten uns die Beute an. Das meiste waren Fenster, die mitsamt Rahmen und Teilen aus den Wänden irgendwelcher Abrisshäuser gerissen worden waren. Ein paar Glasscheiben und ein oder zwei Rahmen ohne oder fast ohne Glas.

»Super Ausbeute«, sagte ich.

»Ja, ne?», grunzte Tommi L zufrieden.

Fix meinte, daraus könnte man schon etwas machen.

»Aber was ist das denn?«, fragte er auf einmal und deutete auf eines der Fenster. Auch dieses war noch an Rigipsfetzen geschraubt und vor allem – vergittert.

»Du hast uns kein vergittertes Fenster mitgebracht, oder, Tommi?«, fragte ich.

»Na ja, den Gitter kann man ja abmachen«, äußerte er verlegen.

»Ein Gitterfenster! Tommi! Das ist gegen die Ehre, so was wollen wir hier nicht sehen!«, schimpfte Fix. »Geh und vergrab es im Wald!«

»Nein, das nehm dann eben ich«, sagte er kleinlaut.

Als Tommi L, vor Scham gebeugt, mit seinem Gitterfenster unterm Arm im Haus verschwand, sahen Fix und ich uns an und mussten lachen. Dann machten wir uns an die Arbeit. Ein wenig fühlte es sich an wie eine Familie vor Weihnachten, man vertrug sich gezwungenermaßen und schmückte zusammen die Zimmer und den Baum. Na ja, ganz so war es nicht, aber Fix hatte auf alle eine beruhigende Wirkung. Schade, dass er uns bald wieder verlassen würde.

Irgendwann brach Gabis Wagen zusammen, und keiner von uns kriegte ihn wieder hin. Wir mussten auf den Vegetarier zurückgreifen, der ließ aber nur Gabi fahren, uns traute er nicht, keine Ahnung, warum. Wir fuhren zum Baumarkt und kauften Zeug, das Gabriel bezahlte.

Als wir einmal unterwegs halten mussten, fragte Tommi L boshaft: »Das Auto tankt aber normal – nicht vegetarisch?«

»Normal«, sagte Gabi und lachte auch ein bisschen mit.

Ein anderes Mal hatten Gabi und ich Bauschaum geholt und ihn in der Küche stehen lassen, wo Tommi L herumwerkelte und Kaffee kochte. Ich kam eben noch rechtzeitig zur Tür herein, um Tommi L aufzuhalten: »Das ist keine Sprühsahne!«, rief ich.

Tommi L stellte den Behälter mit dem Bauschaum wieder zurück und balancierte seinen vollen Becher zum Tisch.

»Das weiß ich auch. Es war nur Spaß«, maulte er, weil er sich für seine Dummheit schämte.

Ich setzte mich zu ihm und klopfte ihm vergnügt auf die Schulter.

»Krieg ich auch Kaffee?«, fragte ich. Tommi L ging zum Schrank und holte eine fast saubere Tasse hervor, die er randvoll füllte.

»Milch ist sauer«, erklärte er und stellte mir die Tasse hin.

»Ist irgendwas los mit dir, Tommi?«, fragte ich.

»Ne«, sagte er, aber es war klar, dass das nicht stimmte.

»Komm, ich sehe doch, dass dir was über die Leber gelaufen ist. Sag schon!« Aber ich brachte nichts aus ihm heraus. Die nächsten Tage war Tommi L ein bisschen schweigsam mir gegenüber, und ich konnte mir nicht denken, wieso. Schlimm war es nicht, denn Fix war ja da, und das beschäftigte mich komplett.

Unter irgendeinem Vorwand blieb ich am nächsten Abend alleine mit Fix in der Küche zurück. Er saß auf so einem komischen Stuhl, der nur ein Bein, dafür aber einen Gürtel hatte, den man sich umbinden konnte. Fix balancierte darauf herum. Ich schrubbte einen riesigen Topf.

»Du und Lauri, ihr verarscht diesen Gabriel total, oder?«, sagte Fix und grinste mich auffordernd an.

Ich wusste nicht, ob ich das Maul aufmachen sollte oder lieber nicht. Verdammt gerne hätte ich mit jemandem ein paar Worte über die Sache gewechselt. Aber so was ist immer gefährlich.

»Wieso willst du das wissen?«, fragte ich eine Spur zu schroff. Fix sagte nichts, sah mich nur an und zuckte nach einer Weile mit den Schultern.

Später ging ich alleine für ein paar Minuten in der Dunkelheit. Irgendetwas in mir machte meine Schritte schnell, ich weiß nicht, was es war. Kalt war mir nicht, und eilig hatte ich es auch nicht. Der Mond schien ziemlich grell. Ich glaube, die Erde drehte sich schneller als sonst, denn ich hatte das Gefühl, ich müsste schneller gehen, um nicht zu stolpern. Vielleicht lief ich auch vor diesem hässlichen Gedanken weg: Fix ist gegen mich. Der Gedanke hätte sich vor jedem anständigen Gericht in Luft aufgelöst, Fix war über jeden Zweifel erhaben. Aber warum stellte er mir dann diese Frage? Sicher nicht, um zu erfahren, wie es mir so damit ging. Oder doch? Wollte er es einfach nur wissen? Aber wenn das stimmte, fiel mir beim besten Willen nicht ein, wozu er es wissen wollte. War er mein Scheißpsychologe? Jedenfalls nahm ich mir vor, aufzupassen.

Einen Tag darauf kam gleich der nächste Schlag in die Fresse. Tommi L saß in der Küche. Er tat nichts als mit den Beinen zu wippen und ein leeres Bierglas hin und her zu schieben. Als ich reinkam, dauerte es noch eine Weile, ehe er zu sprechen anfing. Ich suchte etwas zu essen und fand nur Brot, das der Französin gehörte.

»Nik. Diese Sache, die du dir ausgedacht hast«, begann Tommi L.

»Ja. Das dauert noch ne Weile, Tommi. Ist nicht ganz ohne«, sagte ich kauend. »Hast du irgendeine Wurst?«

»Nik. Ich mach da nicht mit.« Er sah mich böse an, als hätte ich irgendwas falsch gemacht.

Ich strich alte Margarine auf das gestohlene Brot: »Warum? Du hast doch gesagt, du machst mit.«

»Ne. Hab ich nie gesagt.«

Was war denn jetzt los?

»Was? Tommi, ey, hier in der Küche hast du gesagt, du machst da mit!«

»Ne, ich hab nie gesagt, ich mach mit. Weiß ja nicht mal, auf was ich mich da einlasse. Worum geht es da überhaupt?«

»Sag ich dir schon noch.«

»Du steckst immer die Köpfe zusammen mit Fix, aber mir sagst du nichts.«

»Sag ich dir schon noch.«

»Du denkst, ich bin blöd! Bin ich aber nicht!«, rief er.

Gut, dass das wenigstens geklärt war. Ich verstand den Grund von Tommi Ls Meinungsumschwung nicht, aber irgendwas ging in ihm vor.

Rübezahl

»In die Kneipe!«, rief ich. »Wir gehen ins *Rübezahl*!«

Die Französin, die gerade abgerissene Etikettenfetzen auf dem Tisch zu Mustern sortierte, sah mit glänzenden Augen auf. Tommi L wusste schon von der guten Idee und stand mit zurückgegelten Haaren in der Tür. Fix erhob sich, kramte in seiner Tasche, wo er eine befriedigende Menge Geld vorfand, und nickte mir zu. Ich knöpfte mein Hemd zu und schlug noch ein paarmal gegen die Blechwand des hässlichsten Küchenmöbels der Welt.

»Hast du drüben Bescheid gesagt?«, fragte Tommi L mit so einem Unterton, der mich schon wieder aufhorchen ließ. Warum sollte ich das nicht getan haben, dachte ich, was hat der?

»Nee!«, machte ich ganz doof.

»Ich lauf rüber!«, rief die Französin und war schon an mir vorbei durch die Tür, einen ranzigen Geruch hinter sich herziehend. Nicht neben sie setzen, notierte ich mir im Kopf.

Das *Rübezahl* wirkte verlassen wie immer. Man sah von Weitem nicht mal Licht. Ein flacher Bungalow mit windigen Sichtschutzzäunen aus Holz, glich es eigentlich so einer Vereinsbaracke in einer Schrebergartenkolonie. Der Wirt war unser Freund, er hatte keine Wahl.

»Da ist abgesperrt, Fickscheiße!«, sagte Tommi L und rüttelte an der Klinke. Ich langte durch die Eisengitter am Fenster und klopfte gegen die Rollläden, bis der Schlüssel klirrte und Willis rote Nase sich durch den Türspalt schob.

»Ach, ihr seid's. Es ist schon zu. Kommt rein«, sagte er und machte uns auf.

Wir quollen in den verqualmten kleinen Raum und quetschten uns an einer Eckbank hinter einen schweren Tisch. Eine schummerige Lampe wedelte ihr Licht umher, angestoßen von Tommi Ls Schädel, der davon wahrscheinlich nicht mal was gespürt hatte.

»Was wollt ihr trinken, Jungs?«, fragte Willi, während er sich schon zu uns setzte. Statt unsere Bestellungen aufzunehmen, fing er an zu erzählen. Das dauerte seine fünf Minuten, bis sein Blick plötzlich bei Gabriel und dem Vegetarier hängen blieb. »Ihr habt Freunde mitgebracht«, sagte er zu niemand Bestimmtem und begann übergangslos, den beiden höchstpersönlich eine Einführung in Willis Welt zu geben. Im Schatten drüben bei der Jukebox regte sich etwas, das sich mit schwankendem Gang als komatöser Stammgast kenntlich machte. Er hangelte sich zu uns herüber und fing nun seinerseits an, über Willi zu philosophieren.

»Der Willi ist mein Freund. Das ist klar«, betonte er eindringlich und sah jeden über die Kuppe seines ausgestreckten Zeigefingers hinweg an. Dann vergaß er, dass er mit uns redete, und blickte lange regungslos in die Runde.

Wir hörten gerade Willi zu Gabriel sagen: »Und deswegen darf man bei mir auch rauchen. Weil des hier is net Bayern. Des hier is des *Rübezahl*!« Aber Gabriel wollte gar nicht rauchen. Der Stammgast erinnerte sich wieder an seinen Text und fuhr fort, diesmal flüsternd: »Aber wenn der Willi zum erzählen anfängt, dann vergisst der alles! Und deswegen bring *ich* euch a Bier.« Damit ruderte er in Richtung Tresen davon.

Ich zündete mir eine Zigarette an und reichte sie der

Französin, die ihre gierigen Finger schon ausgestreckt hatte. Gabriel tat so, als fühlte er sich wohl, und grinste, ich grinste auch und ließ meinen Blick über die Gesichter schweifen wie ein Autoscheinwerfer bei Nacht. Beim dritten halb vollen Glas, das der Stammgast brachte, merkte es Willi und fuhr hoch.

»Des darf doch wohl ned wahr sei!«, rief er und sprang vom Tisch auf. Hätten wir alle Bier gehabt, hätten wir das kleine Drama da vor uns noch mehr genießen können. Eine herrliche Bühne bot der Tresen, hinter dem die beiden stritten. Ein schönes kleines Rechteck, umrahmt von Flaschenglanz und dunklem Holz, wie ein Kasperletheater. Der Willi versuchte um jeden Preis, seine Fassung zu bewahren, obwohl er geladen war wie eine alte Windel.

»Ich bin einen Scheißdreck besoffen!«, belehrte er den Stammgast. »Ich kann meine Gäste noch sehr gut selber bedienen!« Aber das glaubte der Stammgast nicht, und vielleicht hatte er auch gar nicht so unrecht. Also grinste er den Willi provozierend an und nahm ein Glas von oben aus der Führung. Das hielt er dem Willi hin und gurrte: »Zeig doch mal, was du noch kannst. Zeig doch mal!«

»Ja, dir werd ich's zeigen. Dir zeig ich's, Sauhund!«, quetschte der Willi zwischen den Zähnen hervor und nahm die Herausforderung an. Und der Willi füllte das Glas sauber bis unter den Rand, wollte es eben triumphierend in die Höhe halten, als der Stammgast einen Stolperer machte und dem Willi in den Arm fiel. Wir brüllten vor Lachen. Das gute Bier! Der Willi wurde fuchsteufelswild, und der Stammgast immer lustiger. Schon das zweite Glas hielt er dem Willi hin, füllen sollte er es doch, sauber füllen!

Was für ein herrliches Spektakel! Wie der Willi sich ganz gerade hochreckte, um größer zu wirken; wie der Stammgast sich wie ein Wurm besoffen über die Theke krümmte und lachte, mit dem glitzernden Glas in den Fingern! Man sah förmlich die Hände, die sich unten in die beiden schlaffen Körper geschoben hatten, da, wo sie mitten an der Hüfte abgeschnitten waren, und wie sie den zwei lustigen Puppen Leben einhauchten. Jetzt mussten sie sich nur noch die Köpfe einschlagen. Na los, ihr beiden! Doch so weit kam es nicht. Obwohl, am Kragen hatten sie sich schon. Aber jetzt passierte es. Wie in jedem guten Puppentheater springt am Ende einer aus dem Publikum auf und rennt schreiend nach vorne, um dem Kasperle zu helfen.

»Wer packt dem Willi an den Kragen? Wer packt dem Willi an den Kragen!«, brüllt Tommi L und packt den Stammgast am Kragen. Auf eine Antwort wartet er nicht. Er schreit ihm ins Gesicht: »Der Willi ist mein Freund!« Am Anfang lachen wir noch alle. Aber Tommi L zieht den Stammgast über den Tresen zu sich, drückt ihn an die Wand und hält ihn am Hals hoch, dass die Füße zappeln. Die Französin weint auf einmal, und ich hab noch gar nicht ganz begriffen, da brüllt Tommi L: »Jetzt kriegst du einen Kieferbruch!« Willi, Fix und Gabi stürzen zu Tommi L, aber der fegt sie mit der freien Hand alle weg. »Jetzt kriegst du n Kieferbruch!«, grollt es aus ihm heraus.

Der Stammgast weint jetzt auch ein bisschen oder greint vor sich hin und zappelt, als ich zu Tommi L gehe: »Tommi, lass den, komm!« Aber Tommi L will nicht mit sich reden lassen. Der Willi ist sein Freund, und da geht es um die Ehre.

»Ich brech dem Schwein den Kiefer«, kündigt er an und pumpt sich auf.

»Nicht den Kiefer, komm«, sage ich relativ ruhig und schiele nach den anderen. Die haben sich zurückgezogen und mir das Feld überlassen. Irgendwer hat auch schon wieder sein Bier am Mund, aber das rechne ich der Nervosität zu, denn alle wissen, dass sie einen Kieferbruch im *Rübezahl* nicht gebrauchen können.

»Komm, lass den Typen runter!«, versuche ich es noch mal.

Da schreit Tommi L: »Jetzt brech ich ihm den Kiefer!«, und holt aus, und ich brülle panisch: »Nein!« und falle ihm in die Hand. »Nicht den Kiefer!«

»O. k.« sagt Tommi L und hält inne. Ein hörbares Aufatmen geht durch den Raum. Der Stammgast sieht wieder Licht am Ende des Tunnels. Ich lockere meinen Griff ein bisschen.

»Aber eine Rippe. Ich breche ihm eine Rippe!«, beschließt Tommi L und lehnt sich vor. Mit seinem ganzen Gewicht lehnt er sich gegen den Delinquenten, und in meinem Inneren hör ich es schon knacken, aber nein, Tommi L zögert noch mal, holt Luft, sodass ich wieder eingreifen kann: »Tommi, auch keine Rippe, bitte, keine Rippe!«

Das Spiel fängt von vorne an, und alle sind blasser als vorher. Der Delinquent folgt furchtsam der Verhandlung.

»Bitte Tommi, keine Rippe, komm!«, bettle ich.

Tommi L sieht mich wild entschlossen an. »Doch!«

Eine Viertelstunde später hatte ich Tommi L auf eine Watschen heruntergehandelt. Die hat der Stammgast bekommen und sie vermutlich nie wieder vergessen, und dann wurde er vor die Tür gesetzt. Der Vorfall war abgehakt, und wir erhielten endlich unser kunstfertig gezapftes Bier. Als netter Nebeneffekt hatte der spontane

Ausbruch von Gewalt Gabriel vertrieben. Er war nach Hause gegangen. Lauri war geblieben. Es dauerte nicht lang, bis wir unter irgendeinem Vorwand Plätze tauschten und nebeneinander saßen. Dann war es so weit. Ich enthüllte den anderen meinen Plan.

»Biste jetzt dabei, Tommi L? Biste wieder dabei?«, fragte ich Tommi L am Ende meiner Ausführungen begeistert.

Na klar sei er wieder dabei, na klar! Kein Wort mehr von neulich, nur Gabriel, der habe ihn eben gewarnt, Tommi L solle sich von mir nicht immer in Sachen reinziehen lassen.

»Dass du mich ausnutzt, hat er gesagt«, stammelte Tommi L verlegen. Aber jetzt gab es keine Streitereien, jetzt waren wir alle beisammen und planten meinen großen Coup, und wir stießen an darauf und sahen uns blitzend in die Augen.

»Uns kriegt keiner auseinander!«, rief ich – und schielte zum Vegetarier. Der sah meinen Blick, schüttelte den Kopf und machte sich vom Acker. So wollte ich mich immer fühlen, genau so, dachte ich. Eine Frage brachte mich wieder auf den Boden zurück: Und was ist mit Gabi?

»Ach was!«, fegte ich übermütig alle Einwände vom Tisch: »Der ist blind, wenn es um Lauri und Ronja geht. Der wird nicht weiter fragen, was wir machen. Tut mir leid, Lauri, aber Gabriel ist blöd, siehst du doch daran, dass er immer alles zahlt und wir ihn trotzdem scheiße behandeln.«

»Aber er wird misstrauisch sein, wenn er uns alle zusammen wegfahren sieht, Nik.«

»Das ist ganz einfach, das regelt Fix. Fix, nicht wahr? Und wenn wir mit dem Geld wiederkommen, dann wird er schon nicht weiter fragen, sondern sich freuen. Das ist es ja, warum ich das alles mache: ihm was zurückgeben. Ihn mal entlasten. Das sind wir ihm schuldig, dem alten Kauz!« Ich hob mein Glas und trank und sah glücklich in die Runde.

In der flirrenden Fantasie dieses Abends schien alles machbar zu sein. Das dumpfe Licht strahlte auf heißgeredete Köpfe, die lachten, sich selbst nicht mehr reden hörten und trotzdem einzahlten in das fette Sparschwein des großen Träumens und Erfindens.

In blinder Gier

Tommi L kam in die Küche. Er war aufgeregt und zog eifrig eine Tüte hinter sich her. Er blies Dampf in die Luft und hielt es nicht aus, mich weiter mit der Französin diskutieren zu lassen. Man konnte ihn nicht ignorieren, wenn er was ausgeheckt hatte, also lieber gleich gefragt: »Tommi?«

»Ich weiß was! Ich weiß was. Wie viel Geld hat jeder von euch? Auf den Tisch damit!«

Wir sahen uns an. Die Französin hatte natürlich kein Geld. Genau genommen war da nicht mal ne Tasche an dem Hemd, das sie anhatte, das hätte Tommi L eigentlich wissen müssen, denn sie trug nie was anderes. Ich stülpte meine Hosensäcke um und zuckte mit den Schultern.

Das war der erste Rückschlag für Tommi Ls großen Plan, und ihm stand die Enttäuschung ins Gesicht geschrieben. Manchmal waren seine Ideen nicht schlecht, also fragte ich ihn, wozu er das Geld denn vorgesehen hätte.

»Wir fahren nach Tschechien und kaufen Schnaps!«

Das war nicht neu, wir taten das manchmal, wenn sich die Gelegenheit bot, oder ließen uns von jungen Leuten, die für irgendwelche Partys im »travel free shop« hinter der Grenze Alkohol und Zigaretten einkauften, was mitbringen. Was also war neu an Tommi Ls großem Plan? So dumm, dass er das vergessen hatte, konnte selbst er nicht sein, also: »Tommi, das haben wir eh immer gemacht. Und wir haben jetzt kein Geld und kein Auto.«

»Der Vegetarier hat ein Auto.«

»Kein Auto, einen Polo«, wandte ich ein, hoffte aber nicht, dass einer meine Bemerkung würdigte. »Außerdem hasst uns der Vegetarier.«

Tommi L schien das alles schon vorher genau kalkuliert zu haben, aber es fiel ihm jetzt auf die Schnelle nicht ein. Er holte immer wieder Luft, setzte an und brach wieder ab. Seine Hände bedeuteten mir, mich in Geduld zu üben. Als ihm endlich alles wieder eingefallen war, fuhr er sehr zufrieden fort: »Wir versöhnen uns mit dem Vegetarier. Dann leihen wir sein Auto und fahren rüber und kaufen Alkohol, so viel wie in das Auto geht, und zwar zu Spottpreisen! Den können wir hier teurer wiederverkaufen an die Studenten!«

»Erstens: Wie willst du dich mit dem Vegetarier versöhnen? Zweitens: Wieso sollte uns jemand tschechischen Schnaps abkaufen, wenn er einfach selber rüberfahren kann, um sich welchen zu holen?«

»Erstens: Wir laden den Vegetarier zum Essen ein. Deshalb die Tüte!«

»Essen ist schon mal gut. Aber …« Ich war gespannt, was jetzt kommen würde. Tommi L unterbrach mich: »Das reißen uns die Leute aus den Händen!«

»Warum?« Ich freute mich schon so auf Tommi Ls Erklärung, dass ich mir vor Vergnügen die Hände rieb.

»Liest du keine Nachrichten? Mann!«, stieß er mich an. »In Tschechien ist Ausfuhrverbot für Schnaps!«

»Was, warum?«

»Wegen der EU! Weil sie keinen mehr verkaufen dürfen, darum. Da sind Leute gestorben an dem Fusel. Und blind geworden. Und jetzt kauft keiner mehr das Zeug, und wir kriegen alles spottbillig!«

»Wenn da Leute gestorben sind, Tommi …«, begann ich, aber das hatte keinen Sinn.

»Das waren doch nur Tschechen. Das macht doch nichts. Komm, wir treiben Geld auf.« Er lief aus dem Zimmer und rief nach Lauri, kam aber gleich wieder zurück. »Was hältst du davon?«, fragte er mich.

Ich seufzte. »Also. Der Teil mit dem Essen kann nicht schaden. Und dann sehen wir schon, was geht. Zeig her, was du in der Tüte hast.«

Tommi L schüttete den kostbaren Inhalt auf den Tisch. Ich brauchte eine Weile. Dann sagte ich vorsichtig: »Tommi, wenn du den Vegetarier zum Essen einladen willst – was willst du ihm kochen? Du hast nur Wurst gekauft.«

»Na und?«

»Der Vegetarier heißt Vegetarier, weil er kein Fleisch isst.«

Die Französin unterstützte mich mit wildem Kopfnicken.

Doch Tommi L wischte auch hier all meine Einwände beiseite: »Ja, aber Wurst«, sagte er. »Wurst, das ist doch gesund!«

Um noch einmal auf Tommi Ls Plan zurückzukommen: Das mit dem Essen haute ganz gut hin. Was die Versöhnung mit dem Pflanzenfresser, sein Auto und den Schnaps anging, würde man noch daran arbeiten müssen.

Brandheiße Zigaretten

Fix und Tommi L saßen am Küchentisch und steckten ihre Köpfe in ein Buch, als ich reinkam. Was machten die da? Lesen lernen? Der Vegetarier stand hinter ihnen und sagte etwas wie: »Tommi braucht ein Kinderbuch oder so was für den Anfang! Ich hab welche.«

Als Tommi L mich bemerkte, schob er das Buch beiseite und setzte sich irgendwie in seinem Stuhl um. So als hätten sie sich nur die ganze Zeit unterhalten. Ich sollte wohl nicht merken, was sie gemacht hatten. Jetzt guckte ich extra interessiert zu den dreien hinüber.

»Hat jemand eine Zigarette«, sagte Tommi L. Sein Ton klang so unnatürlich, dass ich lachen musste.

»Ich hab nur Marlboro, aber wenn du die magst«, rief ich und warf ihm eine Packung Goldfield zu. Ich weiß nicht, ob es daran lag, dass er nervös war, oder ob er das Label wirklich nicht lesen konnte. Er merkte den Unterschied nicht.

»Das ist doch so was von mies!«, sagte der Vegetarier entrüstet.

»Was willst du denn von mir, Vegetarier?«, fragte ich und starrte ihn unverwandt an.

»Er kann doch nichts dafür, dass er nicht lesen kann!«, rief er und legte Tommi L eine Hand auf die Schulter. Der schüttelte sie wütend ab, sprang auf und brüllte den Vegetarier an: »Ich kann lesen, du Arschloch!«

Er rauschte an mir vorbei und stieß mich dabei an. Der Vegetarier setzte sich auf Tommi Ls Platz und nahm sich eine meiner Goldfields. Er mied meinen

Blick. Es war irgendwie unangenehm still. Ich schaute zu Fix. Der sah mich nur an mit diesem unergründlichen Lächeln.

In dem Moment kamen Gabi und Lauri herein. Ich ging an den Kühlschrank. Nicht dass ich irgendetwas gesucht hätte, aber die Situation gefiel mir nicht. Lauri redete hinten im Zimmer auf einmal mit Ronja. Als ich mich umdrehte, entdeckte ich, dass das Kind die ganze Zeit still da in der Ecke gesessen hatte. Fix und Gabi unterhielten sich, der Vegetarier schwieg, und ich trank Milch aus der Packung. Ab und zu blickte ich zu Lauri hinüber, aber sie beachtete mich nicht.

»Nikola, kannst du nicht ein Glas nehmen?«, fragte mich der Vegetarier. Das Arschloch. Wenn Gabriel und Fix nicht da gewesen wären, hätte er sich nie getraut, das Maul aufzumachen. Ich stand auf und sah ihn kalt an. Dann schlenderte ich zum Schrank, nahm ein Glas und stellte es vor mich hin. Setzte das Tetra Pak an den Mund und trank die ganze Milch auf einmal aus. Ich wollte aus dem Zimmer, aber das funktionierte nicht. Erstens stand Tommi L mitten im Türrahmen und wirkte nicht so, als würde er zur Seite gehen. Zweitens hörte ich Gabis Stimme: »Nik, bleib mal da, ich wollte was mit dir besprechen.« Also blieb ich da.

»Was gibt's?«, sagte ich breit lächelnd und drehte mich zu Gabriel um.

»Es geht um diese Sache, die ihr geplant habt. Ich will mit dir drüber reden«, sagte er ganz ruhig. Nun war es also so weit. Da standen sie alle um mich herum: der Vegetarier, Lauri, Tommi L und Fix. Ich hätte zu gerne gewusst, was sie in diesem Augenblick dachten. Ich setzte mich erst mal und sagte: »Ich hab keine Ahnung, wovon du redest.«

»Hör jetzt auf, Nik. Du weißt, wovon ich rede«, fing er an.

Ich schwieg.

»Komm mal mit«, sagte er dann und nahm mich am Arm.

Wir verließen das Zimmer, Tommi L wich widerwillig aus der Tür und sah mich düster an dabei. Als ich schon im Flur stand, drehte ich mich noch mal um. Der Vegetarier blickte auf. Ich schaute ihm in die Augen. Er war der Einzige, der neulich mitgekriegt hatte, wie ich den anderen meinen Plan genau erläutert hatte. Er hatte alles gehört: wann, wer, wie und wo. Und dann hatte er es Gabriel erzählt.

SozPäd-Seele

Ich trank Kaffee, als würde ich dafür bezahlt. Gabriel hatte mich eiskalt erwischt, hatte sich eine schlaue Situation ausgesucht, mich anzusprechen. Er redete wie immer ganz freundlich und ruhig: »Nik, ich will, dass du diesen Scheiß, den du dir da ausgedacht hast, sofort vergisst. Als ich dich hier aufgenommen habe, war die Bedingung, dass du dich nicht mehr auf kriminelle Sachen einlässt.«

»Ich wollte dir doch nur helfen«, unterbrach ich ihn, »was beitragen, auch Geld ranschaffen. Ich komme mir so nutzlos vor.«

Er lächelte, und ich weiß nicht, ob er es tat, weil er mir nicht glaubte.

»Ich will dir mal was von mir erzählen«, begann er, »du weißt ja, dass ich auch nicht immer gesetzestreu bin, beileibe nicht. Nein, überhaupt nicht. Es geht nicht um illegale oder legale Sachen, was man darf oder was man nicht darf. Verstehst du? Es geht darum, wie wir mit diesem System hier umgehen, in das wir eingebacken sind. Du hast deine freie Entscheidung: Du kannst alles tun. Du kannst einen Staat lenken, ein Unternehmen gründen, auf der Straße leben, Bücher schreiben oder sogar morden. Aber du bist in diesem System, und du musst wissen, was du auslöst. Welches Etikett du dir aufkleben lässt. Wohin dich das bringt, was du tust. Und das will ich, dass du das bei mir lernst. Wenn du hier weggehst, sollst du genau wissen, dass du alles tun kannst. Du kannst die ganze Kraft, die du hier drin hast, anwenden. Als Brecheisen oder als Werkzeug. Aber du musst wissen, was du tust. Du musst dich als Teil der Gesellschaft begreifen, als Spielfigur in diesem schlecht organisierten, ungerechten Spiel. Du sollst dich nicht unterdrücken lassen von Moral oder irgendwelchen Regeln. Du sollst sie nutzen. Du sollst dich als freier Mensch erkennen, den keine Schuld quält, der sich aber hier zurechtfindet. Nutze den Staat und das System, nutze die Moral, aber stehe als Mensch darüber. Das sollt ihr hier begreifen. Wenn ihr das begriffen habt, lasse ich euch hier raus. Wenn du jetzt dorthin fährst und die Vitrinen ausräumst, dann machst du genau das, was die Gesellschaft von dir glaubt. Du handelst nach dem Stempel, den sie dir in den Heimen und im Jugendknast aufgedrückt haben. Und du handelst gegen mich. Aus Trotz. Das ist Unsinn. Da stehst du drüber. Es ist scheiße von dir, die anderen da mit reinzuziehen. Die haben keine Ahnung, wer sie sind. Die sind wie Treibgut in diesem Scheißmeer von Hartz IV und Festung Europa und verdrängter Armut und irrsinnigem Wachstum. Babylon. Babylon ist das. Entschuldigung, das kennst du nicht. Aber das ist egal. Zieh die nicht mit rein. Schau dir Tommi an. Der macht bei jedem Unsinn mit. Weil er sich dann nicht mehr nutzlos fühlt. Das haben sie ihm mitgegeben: Du bist nutzlos. Und dann beschweren sie sich, dass er nicht mehr auf die Füße kommt. Du bist schlauer, Nik. Und noch eins: Lass die Finger von Lauri! Zieh sie da nicht mit rein. Es war verdammt schwer, sie wieder zu einem halbwegs normalen Menschen zu machen. Das lass ich mir von dir nicht nehmen. Hörst du? Pass auf, was du machst. Bei der habe ich es geschafft, Nikola. Und du lachst vielleicht im Stillen über mich, weil du mich nicht begreifen kannst. Aber ich begreife dich, Nik. Und ich schaffe es auch bei dir.«

Gabriel stand auf und ging auf mich zu. Ich saß da und konnte nichts tun, als ihm zuzusehen, wie er sich mir näherte und seinen Arm um meinen Kopf legte und ihn zu sich zog: »Nikola, du sagst mir jetzt, dass du diesen Scheiß lässt, das machst du jetzt.« Ich konnte gar nichts tun. Ich war innerlich komplett handlungsunfähig. Nicht mal die einfachsten Dinge gingen mehr, die, die immer gehen, nämlich aufspringen und um sich schlagen. Ihn einfach wegstoßen, auf den Boden mit dem Arschloch und ins Gesicht getreten, immer in seine Scheißfresse, bis er das Maul hält, das überhebliche, dreckige. Ich konnte gar nichts tun. Er hatte mich im Arm und hielt mich fest und sah mich an und sagte: »Nicht, Nik, das versprichst du mir jetzt.«

Also versprach ich es. Aber in meinem Inneren kreuzte ich die Finger, ich kreuzte alles, was ich hatte, ich legte diese ganze üble Menschlichkeitssache auf ein riesiges, blutiges Kreuz, und Lauri, ihn, mich und alle anderen legte ich dazu. Ich warf sie alle auf den blutigen Haufen, mit dem ich ihm im Geiste dieses Versprechen durchkreuzte. Und die zwei Gesichter von früher, die beiden fremdesten und vertrautesten, die weit über mir schwebten, unerreichbar, und Dinge zu mir sagten, die ich nicht mehr verstehen konnte, die warf ich auch auf das Kreuz: »Ich verspreche es, Gabi, ist doch klar«, das sagte ich.

Nachdem er mich losgelassen hatte, ging es mir besser. Ich saß da. Es gelang mir sogar, ruhig zu atmen. Aber aufzustehen und zu gehen wagte ich nicht. Irgendwann vorhin hatte ich einmal Lauri die Klinke runterdrücken gehört. Aber sie war still wieder gegangen. Gabriel hatte sie alle ausgesperrt. Nur mich und sich wollte er hier in seinem schäbigen Loch haben. Ich konnte nicht aufstehen, so sehr ich es auch versuchte. Also blieb ich sitzen.

Ich zwang mir ein Lächeln ab und fragte ihn: »Gabriel, wie meinst du das mit dem Gesetz? Dass du schon mal in Konflikt damit gekommen bist? Was war das bei dir?«

Ich hatte wieder einen Nerv getroffen. Er sprang an wie ein Auto, das ich kurzgeschlossen hatte, und begann zu erzählen. Weil er glaubte, wir hätten dann etwas gemeinsam, berichtete er mir von seinen kleinen Verbrechen. Was für ein Idiot, mir so etwas in die Hand zu geben. Wie konnte er glauben, dass ich ihm nicht länger Knüppel zwischen die Beine werfen würde? Wie konnte er nur annehmen, ich wollte ihm nicht das Genick brechen? Wofür hielt sich dieser Kerl? Auf jeden Fall für ein Finanzgenie. Er erzählte mir ein bisschen zurückhaltend von seinen Geldspekulationen. Er hatte viel gehabt und immer wieder investiert und verloren. Aber über dieses Thema erfuhr ich wenig Einzelheiten, und was er sagte, verstand ich nur ansatzweise. Er lächelte verschwörerisch und machte Andeutungen. Das klang nach Veruntreuung von Geldern, was er mir da über ein Mittel erzählte, dessen Produktion er hatte finanzieren wollen. Ein Wundermittel, ein Allheilmittel für die Menschen in Afrika. Ganz einfach sollte es sein, ganz billig herzustellen. Teuer waren nur die Zulassungsverfahren, die medizinischen Studien. Die hatte er ihm finanzieren wollen, dem genialen, aber leider etwas weltfremden Erfinder des Mittels. Aber der Wunderdoktor sei wohl sehr undankbar gewesen, habe nicht auf ihn hören wollen und sich störrisch gezeigt. Da war das Geld schon verloren gewesen für die armen afrikanischen Aidskranken und Malariagebeutelten. Und dann diese Sache mit dem Jungen. Die berichtete er mir ganz und in allen Einzelheiten. War es, weil ich ihn mit meinen braunen Augen so treu ansah? Oder weil ich mir das Versprechen hatte abringen lassen? Scheißegal, er erzählte: »Dieser Junge ist ein ganz armes Schwein gewesen. Ähnlich wie du, Nikola. Er hat sein ganzes Leben nur in Heimen verbracht. Von einem ins andere geschoben. Und wen wundert es da, wenn so ein Junge, so ein Junge ohne Eltern oder Vertrauensperson, dann einen Fehler macht, der ihn sein ganzes Leben lang brandmarken soll? Es ist unschön, das gebe ich zu. Aber was alles in diesen Heimen abgeht, das ist alles so hässlich! Das merken ja oft nicht mal die Betreuer. Da war was vorgefallen, und keiner hatte was bemerkt. Aus dem Jungen war nichts rauszukriegen. Also schickten sie einen Typen mit Erfahrung in solchen Sachen. Der brachte es aus ihm raus, alles. Aus dem Jungen. War ein Verhörspezialist. Er holte alles aus Thorsten raus. Einen anderen Jungen hatte er vergewaltigt. Stell dir das mal vor. Ein Vierzehnjähriger vergewaltigt einen anderen Jungen im Heim. Wo sie zu acht, zu zehnt in Hausgruppen leben. Mit Erziehern. Die haben alle einen Scheißdreck gemerkt. Siehst du, Nik, du bist eben doch immer allein. Wenn du einmal zu den Ausgestoßenen gehörst, bist du immer allein. Und das ist unrecht. Und dann hatten sie ihn am Haken. Jetzt kam der in eine Einrichtung, wo nur solche harten Fälle zusammengesperrt waren. Monatelang keine unbeaufsichtigte Sekunde. Und Therapie. Therapie ist ja gut. Aber eines kann sie nicht. Sie kann diesem Jungen nicht das Gefühl nehmen, das sie ihm jetzt reingedrückt haben: dass er ein Monster ist, ein Verlorener, ein Aussätziger, ein Kranker. Er ist nicht mehr Teil der Gesellschaft. Verstoßen. Und in so einem Rahmen hilft auch keine Therapie. Jetzt verstehst du vielleicht besser, wieso ich Tommi und Sandi und dich hier aufgefangen habe. Verstehst du das jetzt? Und diesen Jungen, Thorsten, den haben sie dann weitergereicht. Er kam irgendwann wieder in ein normales Heim, Therapieauflagen und so weiter, hat sogar eine Ausbildung angefangen. Tja. Und dann – er hat es nicht geschafft. Er ist das Monster geblieben. Ja. Wieder ein Vorfall. Und dann wäre er eben vor den Jugendrichter gekommen. Und dann die ganze Schiene mit Gefängnis und Krimineller und dann auch noch Sexualstraftäter. Ich hab den Jungen aufgenommen, Nik. Was hättest du gemacht, Nik? Überleg mal! Du kennst diese ganze Scheiße doch! Was hättest du gemacht? Ich hab ihn aufgenommen und versteckt vor der Polizei. So, wie ich euch verstecken würde. Und habe mich um ihn gekümmert. Wir hätten es geschafft, Nik. Ich hatte ihn fast so weit. Aber dann haben sie ihn gefunden. Haben ihn abgeholt von mir. Verhaftet wie einen Verbrecher, Nik. Meinen Jungen. Das ist doch eine Riesenungerechtigkeit. Kannst du dir das vorstellen?«

Aber Gabriel wartete keine Antwort ab. Er faltete sein Gesicht wieder in den undurchschaubaren Normalzustand, sah mich an mit seinem Dulderlächeln und sagte väterlich: »Siehst du, Nik. Das wollen wir doch nicht. Vielleicht verstehst du mich jetzt. Und es fällt dir leichter, es zu lassen. Du weißt schon. Komm, wir essen mal was, ich hab einen Riesenhunger.«

Damit stand Gabriel auf, schloss die blaue Tür auf und ging in die Küche. Mich ließ er sitzen. Er dachte wohl, ich wäre nachdenklich und etwas betroffen. Nein, das war ich nicht. Ich war so wütend wie fast nie zuvor in meinem Leben auf einen Menschen. Ich ließ es dämmern und dunkel werden im Raum, und dann stand ich auf und ging.

In den nächsten Tagen tat Gabriel alles, damit wir nicht auf dumme Gedanken kamen. Und Fix, dieser Verräter, half ihm auch noch.

Schneemann

»Nik, wach auf! Nik!« Ich schlug die Augen auf. Es war dunkel. Es dauerte eine Weile, ehe ich die Situation begriff. Lauri stand an meinem Bett und berührte meine Schulter. Ihre Augen waren das Erste, das ich sah. Ich wollte gar nicht mehr. Einfach so bleiben. Ihre Augen in meinen. So hätten wir einfrieren und bleiben können, für immer. Aber natürlich konnte ich das nicht. Ich griff nach ihr und wollte sie zu mir ziehen.

»Wie hast du dich hochschleichen können, du Wahnsinnige!«, flüsterte ich. Und dann: »Ich hab dich vermisst.«

»Nik, steh auf, zieh dich an!«, sagte Lauri.

Ich verstand nicht, was los war. »Wieso?«, nuschelte ich wirr.

»Nik, du musst aufstehen. Wir müssen alle raus«, sagte Lauri mit etwas Ungeduld in der Stimme.

»Was ist passiert?«, fragte ich und fuhr hoch. Ich merkte jetzt erst, dass Lauri komplett angezogen war.

»Winterdienst«, sagte sie bitter. »Wir müssen alle raus und Schnee räumen.«

Wieder brauchte ich einen Moment, um das zu fassen. Winterdienst? Was hast du genommen, Lauri?, dachte ich. Aber sie hatte nichts genommen. Gabriel hatte uns alle beim Winterdienst angemeldet und uns nichts gesagt. Er ließ uns aus den Betten werfen und trieb uns für ein paar mühselige Euros in die schwarze Kälte. Während ich in meine Hose schlüpfte, fluchte ich vor mich hin.

»Deswegen hat er gestern gesagt, wir sollen nicht so viel trinken! Dieses Aas. Und der Vegetarier hat auch keinen Schluck angerührt! Der hat es natürlich wieder vorher gewusst. Ich bring ihn um!«

»Was sagst du?«, hörte ich Lauri, die harrend im Zimmer herumstand, murmeln. Fix wartete schon in der Tür. Es war dunkel und kalt. Vier Uhr oder so. Ich zog zwei Paar Socken übereinander, warf Lauri einen bösen Blick zu und schnauzte Fix an: »Wessen Idee war das? Deine?«

Er trat nur beiseite und lächelte mich offen an.

»Nik, das ist nur ein bisschen Schneeschippen. Es gibt gutes Geld dafür.«

Eine halbe Stunde später saßen Tommi L, ich und der Vegetarier im Auto. Gabi fuhr uns ein Stück in den nächsten Ort, warf uns an einem Grundstück raus und sagte: »Tommi hat einen Zettel mit den Nummern, die gemacht werden müssen. Einen Meter vom Gehweg und die Zugänge. Wo Garagen oder Einfahrten sind, da muss auch geräumt werden. Ich bring euch Streuzeug und hol euch später ab.«

Ehe er losfuhr, drehte er sich noch mal um, zwinkerte mir zu und schickte uns ein »Bis dann« nach.

Die Französin setzte sich erst mal auf einen Pappkarton, rauchte, fror und weinte ein bisschen vor sich hin. Tommi L und ich sahen uns erbittert an. Aha. Das war es also, das große Gabriel-Resozialisierungsprogramm. Wir nickten uns zu und begannen mit der Arbeit. Der Vegetarier hatte sich schon seine Schaufel geschnappt und war eine Villeneinfahrt hochgestapft. Tommi L und ich hatten erst etwa einen Viertelmeter Gehweg gesäubert, als wir zu blödeln anfingen. Die Französin roch förmlich, dass wir uns nach jemandem umsahen, der auf keinen Fall nass werden wollte. Sie verzog sich hinter einen Altpapiercontainer, wo sie nach weiteren Zigaretten stöberte. Blieb nur noch der Vegetarier. Aber dem wollte ich mich heute nicht nähern, ich war zu wütend auf ihn. Ich schippte Schnee, es war eine stumpfe Tätigkeit, und man verfiel schnell in eine Art Trance. Ich ließ überall kleine Inseln festgetretenen Eises stehen und stellte mir die darauf ausrutschenden Rentner vor, als Tommi L mich von hinten an der Jacke zog.

»Die Tankstelle ist da unten um die Ecke, kennst du die? Die hat bestimmt offen«, sagte er.

Stimmt, da war ja eine Tankstelle! Ein warmer Schein drang in mein schlecht gelauntes Inneres.

»Kaffee!«, schwärmte ich.

»Bier!«, sagte Tommi L verträumt.

»Du oder ich?«, fragte er.

Wie dumm von ihm. »Na, ich!«, rief ich, ließ meine Schaufel fallen und joggte los.

Ich hatte ein paar nette Worte mit der blondierten Tankwartin gewechselt, die Wärme drang von den Pappbechern in meine steifen Hände, und ich hatte eine Kippe im Mund. Der Morgen wurde besser. Ein Bamberger hatte sie mir auch geschenkt. Das ist wahre Liebe, dachte ich in einem Anflug von Schwachheit und stellte mir das zerdrückte Croissant in meiner Jacke vor. Wieso hatte Lauri unbedingt mit Fix losziehen müssen, ich hätte ihr das Hörnchen heimlich geschenkt. Das wäre schön gewesen. Aber das hatte Gabriel sicher so eingefädelt, das traute ich ihm zu. Als er gesagt hatte, ich solle meine Finger von ihr lassen, hatte er da eigentlich nur auf meinen Einbruchsplan angespielt? Oder wusste er etwas? Da war sie wieder: eine Eisenklammer der Angst. Wenn sie über meiner Seele zuschlagen würde, wäre sie erbarmungslos. Sie würde mich zerquetschen. Aber zerquetschen lassen wollte ich mich nicht. Diese Gedanken mussten weg, denn sie machten mir Angst. Bevor ich Gabriel getroffen hatte, ehe das mit Lauri begonnen hatte, hatte ich nie erlebt, dass ein Gedanke mir Angst machen konnte. Das gab es doch gar nicht! Was war denn ein Gedanke? Doch weniger als Luft? Und dennoch hatte er eine solche Kraft über mich, dass ich manchmal einfach nur noch losrennen wollte. Losrennen und das alles wegatmen, wegschwitzen, wegtreten. Seltsam. Dabei wusste ich nicht einmal, was genau mir solche Bedrängnis einjagte. Manchmal stellte ich mir vor, wie ich Lauri an mich presste. Das half, und die Gedanken verschwanden. Aber heute war sie einfach nicht da und …

Lautes Zanken unterbrach meine Gedanken. Ich sah Tommi L wild gestikulierend beim Vegetarier stehen. Sie schrien sich an.

»Ich habe deinen dämlichen Zettel nicht!«, rief Tommi L. Was der Pflanzenfresser antwortete, hörte sich an wie »Du bist zu blöd für alles!« oder etwas Ähnliches, das man Tommi L nicht sagen sollte. Ich kam näher.

»Jetzt schau in deiner Tasche nach!«, keifte der Vegetarier. Das ging kurz so hin und her, der Vegetarier wollte schon fast selbst in Tommi Ls Tasche greifen, da wich Tommi L zurück und zerrte einen zerknitterten Zettel aus seiner Jacke. Er stand nun ziemlich belämmert da. Der Vegetarier riss ihm den Zettel mit einem »Kannst ihn eh nicht lesen!« aus der Hand und ging befriedigt wieder in seine Einfahrt. Tommi L stand eine Weile so da, den Kopf gesenkt, dann schien er sich zusammenzureißen. Er kam in Bewegung und hob seine Schaufel wieder auf.

Keine Sorge, Tommi, dachte ich im Stillen, jegliches hat seine Zeit. Da hörte ich einen Schlag und ein Fluchen. Verdammt! Ich rannte los. Ich sah Tommi L, der dem Vegetarier seine Schaufel von hinten übergezogen hatte. Der Typ lag im Schnee und fluchte und hielt sich den Hinterkopf. Tommi L stand nur da und glotzte.

»Arschloch!«, schrie der Vegetarier. Tommi L wollte eben auf ihn los, so schnell wäre ich nie bei ihm gewesen. Aber zum Glück passierte nichts. Der Vegetarier lenkte im letzten Moment ein. Er schaltete schnell, das musste ich ihm lassen. Er lachte Tommi L an, sagte irgendetwas Witziges und warf spaßeshalber eine Handvoll Schnee nach ihm.

Nach dem Vorfall hatte ich plötzlich glänzende Laune, und das Schippen ging mir leicht von der Hand. Wir befreiten das ganze heiße Vorortpflaster vom Winter und stiefelten dann – die Schaufeln über der Schulter – gut gelaunt Gabi entgegen.

»Wo habt ihr Sandi gelassen?«, fragte der – trocken und warm – aus dem Autofenster heraus. Scheiße, wir hatten die Französin vergessen! Obwohl es mir nicht wirklich ein Herzensanliegen war, musste ich wohl oder übel mit den anderen meine Schaufel in den Polo fummeln und losziehen, um die verlorene Tochter zu finden. Ich dachte an das Märchen von den Schwefelhölzern und fragte mich, ob das blaue Einwegfeuerzeug das dürre Mädchen wohl vor dem Erfrieren gerettet hatte. Wir fanden sie zeitgleich mit Gabi. Sie saß glücklich in einem riesigen Haufen Altkleider neben einem Container, den sie ausgeraubt hatte, und probierte Lumpen an wie eine Lady in ihrer Boutique. Das war einer der wenigen Momente, in denen wir alle zugleich über dasselbe lachen konnten.

Ein wirklich großzügig gedeckter Frühstückstisch entschädigte mich für das frühe Aufstehen. Und da war auch Lauri, in Licht und Wärme. Und einmal strich sie mir heimlich über die Hand, als niemand hinsah. Das war wie Balsam für eine schwärende Wunde.

»Lauri, ich muss ein paar Dinge wissen.«

Sie saß da und sah mich an, aber in Wirklichkeit sah sie in sich hinein. Sie sah mich mit ihren großen braunen Augen an, und eine Welt von Schweigen war zwischen uns. Es war ihre Welt, und ich fand mich darin nicht zurecht. Manchmal ging sie mir darin verloren, und ich wollte rennen und rufen: »Lauri! Lauri! Lauri!«, aber es ging nicht. Es war nicht meine Welt, und ich hatte keine Karte für sie. Dass man das nicht verstand! Gabriel hatte einfach keinen Platz zwischen uns. Er gehörte nicht hierher, er saß zwischen uns – unrechtmäßig – und machte sich breit, drückte mich an die Seite wie ein Vater sein Kind am Mittagstisch. Aber ich wollte nicht verhungern! Immer wenn ich zu Lauri durchdringen konnte, wenn ich bei ihr war, wenn ich in sie gehen konnte wie durch ein offenes Scheunentor, dann war da etwas, das mich für alles entschädigte. Das wollte ich behalten, denn es gehörte mir. Es war ein wertvoller Schatz.

»Nik …«, begann sie einen Satz, der sich auch wieder im endlosen Schweigen verlor.

»Lauri, du musst mir sagen, wie du zu mir stehst!«, sagte ich.

Irgendwer störte, ging in der Nähe herum. Sie sollte doch den Mund aufmachen, bevor es zu spät war.

»Du kommst nicht mehr zu mir nachts. Wo bist du? Ich muss wissen, woran ich bin, sonst werde ich verrückt!«, sagte ich.

Wieder Lärm. Ich wünschte so sehr, wir wären jetzt ungestört, nur bis sie den Damm brach und etwas sagte. Ich wollte sie anrühren, aber ich verbot es mir, sie würde sich in die verhuschten Berührungen flüchten und ihre wertvollen Worte darin verstecken, ich würde sie nicht wiederfinden in der Hast, in der Atemlosigkeit des Miteinander-Schlafens.

Ich wollte sie schütteln, aber ich traute mich nicht. Ich würde alles durcheinanderwerfen in diesem kleinen warmen Haus ihres Herzens, die Worte von den Regalen schmeißen, die Gläser, in die ihre kostbaren Träume und Zärtlichkeiten eingemacht waren, zerbrechen. Nein, ich musste vorsichtig graben. Nach den wertvollsten Schätzen gräbt man am umsichtigsten. Wie ein alter Archäologe mit einem Pinsel –.

»Nik?«, riss sie mich aus meinen Gedanken. »Nik, du starrst mich an und hörst mir nicht zu? Was ist los? Hörst du, was ich sage?«

»Nein«, sagte ich verwirrt.

»Nik, ich habe im Moment einfach dauernd Angst. Wenn ich bei dir bin, habe ich Angst, und wenn ich allein bin, auch, und mit Gabi auch. Ich brauch eine Pause.«

»Eine Pause von mir?«, fragte ich kalt.

»Nein«, lächelte sie, »nicht von dir«, und strich mir über das Haar.

Tommi L kam herein. Er bemerkte nichts von dem unglaublichen Gefühlsmüll verschluckter Worte zwischen uns. Er setzte sich einfach hin.

Irgendwann sah er auf, sah mich an und sagte mit roten Backen: »Woa, Nik, ich bestell mir jetzt ein Heft. Was über Tattoos. Da lese ich alle Artikel!«

Ich wusste gar nicht genau, was er mir eigentlich sagen wollte. Aber er schien glücklich dabei, und ich ließ ihn.

Der Bruch

Dass es taute, passte überhaupt nicht in meinen Plan. Zwischen der alten, kippeligen Türschwelle und dem dunklen Sprinter hatte sich ein See gebildet, an dessen Ufer wir standen und zögerten.

»Nicht drängeln!«, klang es mürrisch von vorne. Von hinten drängelte es. Dabei hatten wir genug Zeit. Direkt über uns schoss aus dem Loch in der Dachrinne ein besonders dicker Strahl kaltes Wasser. Das Gaffa-Tape, das wir zum Flicken benutzt hatten, musste wohl abgegangen sein. Oder die Vögel hatten es gefressen. Irgendeiner würde mit gutem Beispiel vorangehen und einen großen Schritt machen, um den See zu überqueren. Er würde es aber nicht schaffen, denn am anderen Ende war ja das Auto.

Tommi L schnaubte verächtlich, drängelte sich vor und machte einen riesigen Schritt. Er schaffte es nicht und landete im Wasser. Alle, die noch im Eingang standen, lachten. Wie einfach die Dinge doch manchmal ablaufen, dachte ich und stieß der Französin kräftig in den Rücken. Sie stolperte auch in die Pfütze.

So begann unser kriminelles Abenteuer lustig und unbedarft. Die Dunkelheit im Hausflur zauberte Felix' Gestalt mit einem sauberen Überblendungseffekt hervor. Er hatte einen Regenschirm in der Hand.

»Geht mit einem Regenschirm zu einem Einbruch«, murmelte ich und schüttelte den Kopf.

Die Französin kicherte und stieß mich mahnend in die Seite. Sie war blendend gelaunt, sauber geduscht, überreich parfümiert wie eine Hure zur Rushhour und nüchtern. Das machte sie wett, indem sie ununterbrochen vom Alkohol redete: »Ich hab das Gefühl, Alkohol reinigt meine Seele. Und meinen Körper. Und meinen Geist. Und …«, kurz überlegte sie, »… was hat man noch?«, wandte sie sich an mich.

»Den Schwanz«, sagte ich.

»Und meinen Schwanz«, führte sie den Gedanken versonnen zu Ende. Ganz nüchtern konnte sie doch nicht sein.

Ich öffnete das Tor mit dem Schlüssel, den mir Lauri gegeben hatte. Ich konnte mir gerade nichts Schöneres vorstellen als Gabriels Gesicht. Ahnungslos und lächelnd. Das stieg in mir auf, sodass ich auch lächeln musste, so richtig herzlich.

»Was ist los?«, fragte mich Fix leicht irritiert.

»Ich denke an Gabi«, sagte ich.

In Lauris Augen ging der Alarm los, ich durfte es nicht zu weit treiben. Also drehte ich mich um und grinste eben die Windschutzscheibe an.

Es ging los. Der Wagen mahlte sich seinen Weg durch den Dreck, das Wasser spritzte ein bisschen, es holperte. Schlagloch eins, Schlagloch zwei und drei, und schon waren wir auf der Straße. Jetzt wurde es still im Wagen. Als ich es nicht mehr aushielt, drehte ich mich um und rief, sodass einige erschraken: »Gut so, Crew! Dem Ernst der Lage angemessene Konzentration.« Ich wusste selbst nicht, was mit mir los war. War ich nervös? Nein. Es würde alles klappen.

Das hässliche, nichtssagende Bayreuth warf seine ersten Häuser in die dunkler werdende Umgebung. Fantasielose Klötze, deren Fenster eines nach dem anderen hell wurden wie zahllose kleine Fernsehbildschirme. Jeder davon zeigte eine langweilige Szene aus einem kleinen, wertlosen Leben. Ketten von Bäumen und Sträuchern schienen wie aus einfarbigem, dunklem Papier aufgestellt und in unseren Weg geschoben. Die Dinge gaben ihre Farben ab. Ein winziger Streifen Himmel zu meiner Rechten, der noch hell war, schien sie anzusaugen und ins All zu speien.

Noch keine Sterne. Aber Lichter. Dreckiges, gelbes Licht einer Gefängnisstadt wollte uns von oben in den Kopf leuchten. Aber da war nichts, was es hätte beleuchten können, nichts, was einer hätte verstehen können, der da sitzt und die Sicherheit bewacht. Denn wir sind in unseren Köpfen so anders, dass die fetten, ausgestopften Uniformen auf ihren Drehstühlen nichts erkennen können, was sie kennen. Und deshalb schlagen wir sie auch immer wieder. Mit unserer kranken Fantasie.

»Pass doch auf, Mensch!« Der Schrei riss mich aus meinen Gedanken. Ich konzentrierte mich wieder auf die Straße. Seltsam, meine ganze gute Laune war weg. Düster saß ich da und gab mir in meinem Kopf Befehle, die ich von selbst ausführte. Wir waren auf dem Weg. Alles lief richtig. In mir drängte etwas hoch. Hatte ich etwas vergessen? Oder hatte ich Gabriel falsch eingeschätzt? Es würde nicht lange dauern, bis er heimkäme. Und dann sähe er das offene Tor und die Reifenspuren des Sprinters.

»Tommi?«, fragte ich unsicher in den Wagen hinein.

»Der schläft«, sagte Lauris süße und zitternde Stimme.

Dass sie zitterte, war gut. Das verriet mir, dass wir verbunden waren. Wie an einem alten Büchsentelefon saßen wir beide, zwei Kinder, die sich etwas ausgedacht hatten. Nun freuten sie sich, dass die Schnur das weitertrug, was der eine ihr aufgab: die Botschaft der Angst.

Vielleicht war das die Angst umeinander. In meinem Geist ließ ich die beiden Kinder aufstehen, das Mädchen und den Jungen. Sie lachten jetzt. Der Junge hob seine Büchse zum Mund und sang hinein. Das Lied lief bis zu dem Mädchen, bis in ihr Ohr und in ihre Füße. Sie fing an sich zu drehen. Jetzt drehte sich auch der Junge. Sie drehten sich in die Schnur und aufeinander zu, banden sich zusammen. Immer fester. So fest, bis sie ganz eng aneinandergepresst dastanden. Kein Raum zum Atmen mehr. Also beginnen sie gemeinsam zu atmen. Sie werden ein Atem. Er hat seine Arme um sie gelegt und sieht ihr in die Augen. Sie sind ganz allein, ganz weit weg von allem anderen: »Lauri«, flüstert der Junge. »Nik«, atmet das Mädchen. »Nik«, atmet der Junge, und »Lauri«, flüstert das Mädchen. Ihr Bauch und ihre Brust heben und senken sich in einem Rhythmus. Lauri sieht Nik in die Augen und sagt: »Wenn ich ein Kind von dir bekomme, was soll ich dann machen?«, und Nik sieht in ihre Augen und sucht darin eine Antwort. Irgendwo in dieser großen Liebe und Verbundenheit muss doch die Antwort sein, da muss doch etwas vorgesehen sein für diesen Fall. »Hilf mir!« und »Ich helfe dir« klingen im selben Augenblick aus ihnen heraus. Und das würde er tun, der kleine Junge, der böse Nik. Das hatte er vor, und nichts anderes. Er war ihr so dankbar, dass sie ihm diesen Auftrag gegeben hatte. Hatte sie nicht ihre kleine, zweifelhafte Liebe damit zu einem großen Gut gemacht? Einem Gut, das es zu verteidigen und zu umkämpfen galt? »Kämpfen kann ich, Lauri, das kann ich«, wisperte der Junge.

Der Wagen bremste sanft und leise, die Türen glitten auf. Die Französin und Fix stiegen aus und machten sich fertig, um von hier unauffällig auf ihre Posten zu gelangen.

»Das Täschchen«, verlangte Fix in aller Seelenruhe, während die Französin schon am nächsten Zigarettenautomaten hing. Wahrscheinlich fürchtete sie, die eine Packung, die ich ihr gegeben hatte, würde beim Schmierestehen nicht reichen. Ich angelte nach der Tasche, die auf dem Boden hinter dem Beifahrersitz lag, wuchtete sie über Tommi L und übergab sie Fix. Da sprang plötzlich Lauri aus dem Sprinter, als würde er brennen.

»Hey! Komm zurück! Hab keine Angst, dir kann nichts passieren!«, rief ich.

Aber sie reagierte nicht.

»Komm schon, Lauri!«, drängte ich. Sie begann, nervös hin und her zu starren. Ich wusste gar nicht, wohin in ihr Gesicht ich beruhigend hätte blicken sollen.

»Mir gefällt das nicht. Die Sache wird langsam ungemütlich«, imitierte Tommi L irgendwelche Kinogangster und lachte in sich hinein.

Ich schlug ihm auf die Schulter und sagte: »Es ist ein Spaziergang, Mann. Und du bist dabei! Das ist doch cool.« Aber ihn brauchte ich nicht aufzulockern.

»Uhrenvergleich!«, flüsterte er in sein Handgelenk und lachte wieder dämlich, dann gab er der Französin und Fix das Zeichen, dass es losging.

Die beiden liefen durch die schöne, dunstige Spiegelung meines Gesichtes in der Scheibe davon. Ich sah ihnen nach, bis sich eine Gestalt genau in den dunklen Fleck zwischen meinen Augen schob. Lauri. Sie stand vor dem Wagen und starrte in mich hinein. Vielleicht suchte sie etwas in meinem Kopf. Oder sie wollte etwas hinter meine Augen brennen, das ich nie vergessen sollte. Oder sie sah einfach nur in ihr eigenes Spiegelbild. Tommi L furzte laut und lachte grässlich. Ich riss die Tür auf. Lauri erschrak, als ich zu ihr ging und sie an der

Hand fasste. Ich machte es nicht wie ein Komplize und nicht wie ein Mann. Ich nahm sie wie ein Spielkamerad. Wie der kleine Junge vorhin das kleine Mädchen an der Hand genommen hatte. Ich zog sie in das Auto, und die Schiebetür rauschte ins Schloss. Da klingelte mein Handy das erste Mal. Ich drückte ihn weg, ohne nachzusehen, ob er es wirklich war.

Wir fahren einmal um den Block. Da hinten an der Ecke müsste die Französin schon irgendwo stehen und Wache schieben, am Ende dieses dunklen Lochs von Gasse. Fix ist hoffentlich schon im Keller beim Strom. Wir passieren den Laden mit den glitzernden Steinchen, in dessen Umgebung ich jedes Klingelschild und jeden Mülleimer, jede Telefonzelle und jede Ladenöffnungszeit kenne. Wir biegen ab. Hinter dem Juwelier, wo wir später gemütlich einladen können, parken wir. Zum zweiten Mal klingelt das Handy. Ich bedeute den anderen zu warten, steige aus und gehe ran.

»Du hast es mir versprochen Nik!«, sagt er gleich, als er meine Stimme erkennt.

»Gabi, verdammt!«, rufe ich, »es ist zu spät, misch dich nicht da ein. Lass mich machen und vertrau mir, ich enttäusche dich schon nicht!«

Aber er redet mir ins Gewissen. Ob wir schon drin seien. Nein, sind wir nicht. Ob ich Lauri mitgenommen habe oder ob ich wüsste, wo sie sei. Ich wimmle ihn ab und steige zurück in den Wagen.

Als ich mich umdrehe, sehe ich Lauri weinen. Sie starrt mich an. Ich starre zurück. Tommi L trommelt mit den Fingern auf dem Lenkrad herum.

»Klingel die jetzt an, damit sie wissen, dass wir reingehen«, sagt er heiser. Ich reagiere nicht gleich, da sieht Tommi L Lauris Gesicht.

»Ach Mist«, seufzt er, »Lauri ...« – und will sich schon zu ihr setzen.

»Geh schon mal vor«, bitte ich ihn leise, »ist doch ganz easy?«

Ohne Zögern antwortet er: »Na klar«, und ist schon weg.

Ich klingele die Französin und Fix an.

Tommi L ist ein Stück die Straße hinuntergegangen, hat sich versichert, dass ihn niemand sieht, und ist plötzlich verschwunden.

Ein erneuter Anruf. Ich drücke ihn weg, noch in derselben Minute klingelt es wieder. Ich solle es lassen. Solle heimkommen, er sei mir nicht böse. Lauri solle ich heil heimbringen. Ob wir schon drin seien. Er wisse alles. Habe alles mitbekommen. Er hole uns selbst da raus, wenn ich nicht umdrehte. Ich sage irgendetwas Unverbindliches heftig ins Telefon und lege auf.

Ich packe Lauri, und wir suchen uns unseren Weg durch das Hinterhaus, wo Tommi L schon wartet. Von dort steigen wir in das Haus mit dem Juwelier ein. Das mit der Anlage hat Fix geregelt, er wartet im Keller, bis wir sicher wieder draußen sind und ihm Bescheid geben. Es ist Sonntagabend, wir hätten die ganze Nacht Zeit, wenn wir wollten. Innen ist es dunkel und schön. Überall blitzen Reflexe über das Glas. Wir gucken uns erst mal in aller Ruhe alles an. Dann legen wir behutsam die Eisen an das furchtsame Glas und öffnen die Kästen sanft – wie Münder beim Zahnarzt. Endlich füllen wir unsere Taschen. Wir sind nicht zu gierig. Wir sind stumm. Lauri hilft kaum mit, sie scheint abwesend, lässt sich die kleinen Vermögen durch die Finger rinnen und die Steinchen auf das Glas klirren. Tommi L will trödeln, ein bisschen Spaß haben, aber das erlaube ich nicht. Das ist immer ein Fehler. Nicht zu sicher fühlen. Ich treibe sie an, alles geht seinen Gang.

Später klingelt mein Handy. »Gabi«, steht auf dem Display. Ich gehe ran.

Er sei unterwegs. Er hole uns raus. Ich solle keinen Scheiß machen und nicht wagen, mich ihm in den Weg zu stellen. Die Freundlichkeit ist vorbei. Seine Stimme ist entschlossen und feindlich. Er wird alles tun, um uns die Tour zu vermasseln. Warum er dann nicht die Bullen rufe, frage ich. »Arschloch«, sagt er und legt auf. Die Geräusche im Hintergrund klangen wirklich so, als sei er unterwegs. Er kommt. Er will sein Werk retten, seine Kreaturen erlösen. Aber seine Kreaturen erlösen sich gerade selbst.

»Lass das liegen und komm!«, ermahne ich Tommi L.

Lauri steht nur da und sieht mich an. Diesmal hat sie es ganz sicher mitgekriegt. Dass es Gabriel war. Wer auch sonst. Aber sie hat es mir gesagt. Sie hat es gesagt: »Ich bin für dich, Nik. Wir gehören zusammen.« Sie hat es mit ihren Händen gesagt, die durch mein Haar fuhren. Wir gehen schwer bepackt den gleichen Weg zurück, den wir gekommen sind. Tommi L geht vor. Die Straße ist frei. Mit einer Hand versuche ich mein heiser schreiendes Telefon zum Schweigen zu bringen. Mist. Die falsche Taste. Während ich über den nassen Bordstein hetze, die Tasche mit mir zerre, höre ich ihn schreien, durch den Stoff meiner Jacke hindurch. Ich stoße Lauri in den Wagen, winke Tommi L, er solle den Motor anlassen.

Er tut es, glotzt mich erwartungsvoll an, ruft: »Na, steig ein!«

»Gleich!«, fahre ich ihn an.

»Sag Fix und der Französin Bescheid, dass sie abziehen können, und dann steig bitte ein!«, drängt er mich.

Ich nicke, gehe ein paar Schritte weg. Sobald ich außer Hörweite bin, rufe ich die Französin an und gebe ihr grünes Licht. Aber nur ihr. Dann kümmere ich mich wieder um Gabriel.

Ich nehme das Handy ans Ohr und sage es: »Du kannst mich nicht aufhalten! Das hier ist mein Kampf!«, und dann atme ich erst mal.

Und er atmet auch. Er überlegt fieberhaft, wie er das Leck noch stopfen kann. Ob er mich opfern soll und die anderen retten, was er überhaupt jetzt noch für Chancen hat. Er entscheidet sich dafür, an meine Vernunft zu appellieren. Das gefällt mir.

»Nik, hör mir mal zu, ja? Was du machst, ist Irrsinn! Das ist ja o. k., wenn du davonkommst, aber du kannst doch nicht denken, dass ich dir das durchgehen lasse. Du bist jetzt also eine Stufe heruntergesunken in deiner Vertrauenswürdigkeit für mich. Dir ist doch klar, dass es dann aus ist für dich auf dem Hof!«

Während er redet, kann er die Aufregung in seiner Stimme kaum unterdrücken.

Ich schon: »Gabriel, nimm mich einmal ernst! Ich zieh das hier durch, und mir ist scheißegal, was du auch immer von mir denkst! Fahr zurück, dreh um!«, rufe ich.

Es gibt eine Pause. Er denkt wieder nach. »Seid ihr schon drin?«, fragt er mich noch mal.

»Ja, sind wir. Es ist nett«, antworte ich. »Es klappt alles hervorragend, mach dir keine Gedanken!«

Er versucht Zeit zu gewinnen. Ich weiß es genau und lasse ihn, egal wie riskant es ist, hier draußen herumzustehen. Tommi L macht mir Zeichen, ich winke ab, erahne Lauris bewegungsloses Gesicht hinter der Scheibe.

»Dass du die anderen mit reingezogen hast, das finde ich nicht gut!«, sagt er mit Nachdruck. »Ja, was sagst du dazu?«, fordert er mich dann auf, will mich zum Reden bringen.

Ich lasse mir Zeit: »Gabi, das ist doch klar, Mensch! Wenn alle mit drinhängen, ist sicher, dass alle dichthalten. Dummheit und Gier kannst du nur mit genug Angst im Zaum halten. Es ist besser für alle – es ist ein Gemeinschaftsding«, kann ich nicht widerstehen, hinzuzufügen.

Jetzt wird seine Stimme doch ein bisschen giftig: »Aber Lauri! Die hättest du doch in Ruhe lassen können!«, ruft er. So also klingt ein richtig ohnmächtiger Mensch in einer richtigen Scheißsituation. Ich notiere es mir in meinem Kopf.

»Gabi«, erkläre ich geduldig, »Lauri musste ich nur mitnehmen, weil ihr mir hinterherspioniert habt, du und dein vegetarischer Freund! Das ist ganz allein deine Schuld! Ich hätte sie nie dieser Gefahr ausgesetzt, verdammt!«

Er ist fassungslos: »Was soll denn das jetzt wieder heißen?« Plötzlich flucht er, hat wohl vergessen, auf die Straße zu schauen.

Ich setze ihm das noch mal auseinander, während ich mich jetzt doch in Richtung Sprinter aufmache.

»Schau, wenn du nichts von meinen Plänen weißt, ist alles o. k. Aber ihr habt mir unbedingt hinterherschnüffeln müssen, also blieb mir nichts übrig, als Lauri mitzunehmen. Weil ich nur so sicher sein kann, dass du uns nicht verpfeifst. Das ist meine Art der Verantwortung. Auch den anderen gegenüber.«

»Nik«, keucht Gabi mühsam beherrscht, »das stimmt doch alles so nicht! Das denkst du doch selber nicht, dass du mich damit abspeisen kannst!«

Nein, damit nicht, denke ich und steige hinten in den Wagen. Mit der einen Hand halte ich das Handy ans Ohr, in das Gabriel hineinlamentiert, mit der anderen fische ich nach der Jutetasche. Es ist eine aus Gabis Sammlung, die ich ihm extra geklaut habe. Ich halte sie auf und schaufle lieblos und unachtsam ein paar Hände Gold hinein. Tommi L ist nervös geworden und dreht die Musik auf. Es ist so laut, dass ich fast nichts mehr verstehe. Was hat Gabi eben gesagt? Ich weiß es nicht. Habe nicht aufgepasst.

»Kehr um!«, rufe ich noch einmal pauschal ins Handy.

»Mit wem redest du?«, fragt mich Tommi L polternd.

Ich bin viel zu beschäftigt, als dass ich ihm jetzt antworten könnte. Wir fahren die paar hundert Meter auf den Parkplatz beim Stadion – unser Treffpunkt. Inzwischen habe ich aufgelegt. Ununterbrochen klingelt mein Handy weiter. Ich stelle es lautlos, aber es summt. Jetzt darf ein bisschen Zeit vergehen. Wie lange braucht ein sehr nervöser Typ, dem alles unter den Füßen wegbricht, in einem halb kaputten Auto für die Reststrecke hierher in die Stadt? Ich schätze, eine Viertelstunde. Gut, ich denke, da kann ich mir ein Bier genehmigen. Tommi L holt eine weitere Tasche hervor; eine richtige, schöne, schwarze Einbrechertasche, gefüllt mit verdächtigem Klirren. Innendrin bin ich voller Zittern, voller Angst wegen Lauri und Gabriel, aber nach außen lasse ich nichts durch. Ich mache gut Wetter.

Ritsch, schneiden wir der Tasche den Bauch auf und schauen uns den Patienten an. Tommi L blickt hinein und sagt: »Der Mann war ein Trinker, eindeutig.«

»Man kann sogar sehen, mit welchem Bier er sich totgesoffen hat«, ergänze ich.

»Original!«, rufen wir beide und ziehen dem Armen drei Flaschen aus dem Leib.

Lauri schweigt. Erst als wir die Bügel knallen lassen, sieht sie auf.

Das war der leichteste Einbruch unseres Lebens. Jetzt müssen wir nur noch ein bisschen warten. Tommi L dreht die Anlage lauter. Ich rücke an Lauri heran und halte ihr meine Hand hin. Darauf liegt ein kleines, buntes Friedensangebot. Ich muss sie nicht lange bitten, sie schluckt das Ding wie eine Kopfschmerztablette. Tommi L und ich stoßen an. So langsam wird Lauri wieder die Alte. Zehn Minuten später ist die Party im Bus in vollem Gange. Ich gehe raus und mache meinen letzten Anruf. Gabi ist jetzt schon fast beim Juwelier. Ich höre, wie atemlos er ist, wie er sich nicht aufs Fahren konzentrieren kann, höre es an seinem leisen Fluchen und der Hektik seiner Bewegungen.

»Verdammt, Gabi, ich habe keine Zeit hier!«, schreie ich, das Handy zwischen Schulter und Ohr geklemmt. Ich bin fast beeindruckt von der Klarheit, mit der er redet.

»Ich bin da. Ich stehe vor der Tür«, sagt er. »Kommt raus. Kommt bitte raus!«

Ich erkläre ihm, dass wir noch nicht so weit sind. Er soll warten, sich nur ganz kurz gedulden, mir das bitte jetzt nicht versauen. Er kriegt Oberwasser. Ist mutig genug, Forderungen zu stellen.

»O. k., Nik. Wenn du machst, was ich sage, dann kommen wir noch mal zusammen! Also. Du schickst jetzt Lauri raus.«

»Das geht nicht!«, jammere ich verzweifelt ins Telefon. »Sie sitzt da und sagt nichts. Sie glotzt einfach nur. Total apathisch. Soll ich sie raustragen, oder was? Bitte, gib uns einfach noch die paar Minuten!« Dann lege ich auf. Gabi glaubt, wir sind auf dem sinkenden Schiff. Denkt, Lauri hätte das alles eben mit anhören müssen.

Ich sehe ihn vor mir: Wie er in seinem Wagen sitzt. Wie er einfach nicht mehr stillhalten kann. Jetzt steigt er aus. Er hält es nicht mehr aus. Versucht noch einmal, mich anzurufen, aber ich lasse ihn abblitzen. Und dann geht er rein. Er geht rein, er will sie holen! Er kennt den Weg genau, der Vegetarier hat ihm ja alles haarklein erzählt! Und dem habe ich meine Pläne und Aufzeichnungen ja so geschickt unter die Nase gerieben. Jetzt ist Gabi drin. Und ich gehe los. Zähle jeden Schritt, den er macht, gehe in meiner Erinnerung mit ihm mit – einfach, damit das Timing stimmt. Jeden Meter kenne ich, jede Klinke, jede Stufe. Durch das Dunkel hinein in das Haus, hinauf und hinüber in das andere Haus und hinab zum Juwelier. Jetzt ist er unten. Und da lasse ich ihn sitzen. Meine Berechnung war gut. Mit dem letzten Schritt stehe ich vor Gabis Wagen. Nicht mal abgesperrt hat er. Die Jutetasche mit seinem Anteil an der Beute lege ich ihm mit hämischer Hand in den Kofferraum. Dann klingle ich Fix an.

»Kannst den Strom wieder einschalten, wir sind weg!«, sage ich leichthin zu ihm.

»Ihr habt aber lange gebraucht«, antwortet er, ruhig wie immer.

»Ging nicht anders. Sieh zu, dass du verschwindest!«

Wir verabschieden uns. Ich mache mich davon, so schnell ich kann.

Die Anlage nimmt ihre Arbeit wieder auf. Die Tür ist verschlossen, der Rückweg verbaut. Gabriel steht in der Dunkelheit und weiß nicht, was los ist. Wie schwarze Löcher blicken ihn die leeren Vitrinen an. Sie rufen ihm entgegen: »Zu spät, zu spät!« Und sie saugen ihn an und lassen ihn nicht mehr los. Auf, Gabriel Leisegang, fülle diese Leere mit deiner Enttäuschung! Fülle sie mit den Scherben deiner gescheiterten Träume! Lege sie sacht mit Baumwollhandschuhen an die Stellen der Juwelen, die ich in meiner Tasche habe! Fülle die Leere mit deinem Schreien um Lauri und mit deiner unerträglichen Überheblichkeit! Sieh sie dir an, deine Exponate, du Leisetreter, du Größenwahnsinniger. Irgendwo im zerbrochenen Glas spiegelt sich noch mein Lächeln – das ist für dich, das habe ich dir aufbewahrt. Nichtsnutz, lächelt es dir entgegen. Ignorant, höhnt es. Hörst du es noch, Lauris Lachen über dich hier unten? Nein? Nein, das ist es nicht, das ist ja etwas anderes: ein Kreischen. Ein Heulen. Es ist das Kreischen der herannahenden Sirenen. Du bist in der Falle, mein Freund und Vater! Du bist in der Falle.

Ich bin schon wieder beim Bus. Tommi L ist weg, um ein paar Sachen zu entsorgen. Lauri hat mehr in sich hineingeschüttet als Tommi L und ich zusammen. Sie scheint bester Laune.

»Hatte mir schon Sorgen um dich gemacht«, flüstere ich ihr zu. Zur Antwort kriege ich einen winzigen, verwirrten Kuss. Wir warten eine Weile.

»Bei dir alles o. k.?«, frage ich überflüssigerweise.

»Mir ist kalt«, sagt Lauri.

Wir sitzen nebeneinander, und ich gäbe alles darum, jetzt irgendeine gemeinsame, wertvolle Erinnerung für uns zu finden, etwas, das ich herausfischen kann aus der Tiefe zwischen mir und ihr. Das ich ihr überreichen kann und das wir beide bestaunen können. Wir wenden es in den Händen und sagen Dinge wie »Da hast du ja das graue T-Shirt schon gehabt!« oder »Wenn ich damals schon gewusst hätte, wie du schnarchst!« Wir würden lachen und uns verlieren. Aber stattdessen sitzen wir da, und nicht ein einziger Stern zeigt sich über uns in der schmutzigen Suppe aus farbigem Licht und dem selbstzufriedenen Atem dieser nichtssagenden Stadt.

Ich glaube, sie wollte gar nicht nach mir greifen, es war nur ihre Hand auf der Suche nach irgendeiner warmen Spalte, aber ich nahm sie. So fing es an. Wir waren ja betrunken. Ich drehte das Radio auf, und wir küssten uns. Ich riss ihr die Jeans herunter, während sie die Jacke aufmachte und das Top hochschob. Ich lag halb ausgezogen auf ihr und versuchte, möglichst schnell möglichst viel von ihr zu fassen, gierig und süchtig und glücklich. Ich gewann das Spiel, indem ich Mund, Wangen und Hals zu Hilfe nahm. Die rollte ich über Lauris reine, helle Haut wie einen Stempel über sein Papier und hinterließ statt Tinte nur ein Glitzern. Und da war es! Eine Erinnerung kroch hervor, und ich wusste sofort, dass sie uns beide betraf. Sie holte uns ab auf diesem hässlichen, kalten Autositz und schleuderte uns an den Karpfenteich vor dem Haus.

Es war warm, im Haus standen die Türen offen. Gabriel war weg, auf dem Arbeitsamt. Ronja noch im Heim, Tommi L auf Arbeit, und Lauri und ich waren im Teich. Untenrum nackt und obenrum in unseren Shirts. Wir hatten damals erst ein, zwei Mal miteinander geschlafen. Sonne lag auf unseren Gesichtern, und wir hatten Zeit. Einfach Zeit. Zeit ohne Angst. Das war es. Aus dem offenen Küchenfenster klang dünn und knackend genau dieses Lied. *Count to ten.* Aus meiner Erinnerung trug es der Wind in den blauen Himmel, der plötzlich dunkel wurde. Immer noch klang die fliegende Stimme, aber sie wurde hineingesogen in das kleine schwarze Autoradio, vor dem wir lagen.

Ich halte Lauri ganz fest und lache. Lauri sieht mich seltsam an, während ich wieder und wieder glücklich in sie eindringe. Die Narbe wirft eine Schattenstraße über ihre Brust, die meine Finger anzieht. Ich fahre darüber und sage im Scherz: »Haben sie dir da das Herz rausgenommen?«

Lauri lacht. Stoß um Stoß dringe ich in sie ein. Die Französin erreicht eben den Sprinter, der leicht wackelt, Tommi L nähert sich dem Auto und hat alles Verräterische zurückgegeben in den undurchdringlichen Müll der Stadt, Gabriel sieht sich noch einmal um, ob nicht doch irgendwo eine zusammengekauerte Gestalt in der Dunkelheit hilfsbedürftig die Arme nach ihm ausstreckt, während ich mich, an Lauri geklammert, in sie ergieße.

Inzwischen hören wir auch schon die Polizeisirenen, Fix ist längst in Sicherheit. Eine Minute später sitzen wir alle im Auto und fahren weg. Tommi L steuert den Wagen. Sein linker Fuß ist etwas zu gut gelaunt für den Sprinter. Auf dem Ring nehmen wir alle wieder Vernunft an und hocken brav angeschnallt in den Sitzen, sind alle noch einmal zum Bersten gespannt. Dann sind wir auf der A9. In Sicherheit. Alle schweigen, alle sind tief in die eigene Welt hineingeschaukelt worden.

»Mir ist kalt«, sagt Lauri zum zweiten Mal an diesem Abend.

Ich rücke ein Stück näher an sie heran.

»Besser?«, frage ich.

»Innen ist mir kalt«, sagt sie.

»Es wird alles gut«, flüstere ich.

»Nein, und das weißt du«, sagt sie sehr leise.

»Doch, das weiß ich genau«, lüge ich und überzeuge nicht mal mich selbst.

Harte Probe

Als wir nach Hause kommen, erwartet uns schon die Polizei. Unser Wagen fährt in den Hof, die Türen knallen, und jeder will in seine Höhle, da fällt uns das Licht auf, das gemütlich aus der Küche scheint. Hat Gabriel wohl vergessen, denke ich – hat er aber nicht. Nein. In unserer Küche sitzen sie, zwei Bullen sitzen an unserem Küchentisch und warten auf uns. So viel zu meiner Einschätzung, dass Gabi uns nie verpfeifen würde, zumindest Lauri nicht! Immerhin, ein Beweis für mich, was sie ihm wert ist – nichts ist sie ihm wert. Hier werden wir also kurz zusammengeschweißt, um für immer auseinandergerissen zu werden. Ich habe versagt.

»Was wollt ihr hier?«, sage ich laut.

Die Bullen schieben die Stühle zurück und stehen auf. Ich habe sie geduzt, und das darf man nicht. Das sind Sies. Tommi L murmelt irgendwas hinter mir, keiner kann ihn verstehen, und das ist vielleicht besser so. Denn wie er da in der Tür steht, groß und leise und mit gesenktem Kopf, ja, da hat er nämlich die Taschen in den Händen, beide prall gefüllt mit tausend Jahren Gefängnis.

»Tschuldigung«, sagt der eine der Bullen, der im Folgenden immer der »ungepflegte Bulle« genannt wird, so wie ich den anderen den »schicken Bullen« nennen will. Wie der ungepflegte Bulle sich also noch entschuldigt, da steht der schicke Bulle schon bei Lauri und redet sie an. Direkt bei ihr steht er und hat sie ganz in sich aufgesogen und zieht einen schmierigen Bullenflirt mit ihr ab. Er nennt ihren Namen und fragt, ob sie es sei. Ich verstehe die Welt nicht mehr. Während Lauri sagt, dass sie Lauri sei, merke ich am verdächtigen Knarzen hinter mir auf den Dielen, dass sich viel Gewicht langsam in die Dunkelheit des Flurs schiebt. Juhu, Tommi L, endlich hast du mal den nötigen Grips, du bist der Mann der Stunde, denke ich.

Weg ist er, und ich freue mich über seinen Takt, nicht mit den Juwelen ins Haus zu platzen und die armen Landbullen ganz aus der Fassung zu bringen, was immer sie hier wollen. Ja, da freue ich mich, auch wenn du in Wirklichkeit wahrscheinlich nur aufs Klo musstest, Tommi L.

Ich drehe mich um, und da sehe ich Lauri weinen. Der schicke Bulle sieht nun auch seine Stunde gekommen, und wäre nicht der ungepflegte Bulle dabei, hätte er Lauri sicherlich umarmt und getröstet. Aber für die gibt es keinen Trost. Ich habe mich getäuscht. Gabi hat uns nicht die Polizei auf den Hals gehetzt, Ronja war es. Die kleine Ronja ist ganz alleine gewesen, während die Großen ihr hässliches Spiel gespielt haben.

»Sie ist hier alleine mit ihrem Rad in Richtung Stadt gefahren. Ihre Tochter. Im Schlafanzug. Ihren Teddy hatte sie dabei ...« Der ungepflegte Bulle scheint Lauri ein wenig quälen zu wollen mit all den Einzelheiten über Ronjas kleinen Ausflug.

»Ihre Mama hat sie gesucht. Oder den Papa. Wo ist der denn?«, fragt das hässliche Gesicht mit dem fettigen Haar die weinende Mutter.

»Aber die Ronja ist ja schon groß. Die kennt den Weg in die Stadt genau«, mische ich mich laut dazwischen.

»Wer sind denn Sie?«, fragt mich das Schwein ohne Haarschnitt.

Ich krame umständlich nach meinem Ausweis, aber ich sage nichts. Gucke auf den Boden, aber da im Dreck steht mein Name auch nicht geschrieben. »Achtung« steht da vielleicht oder »Scheiße« oder »Dämliches Kind!«.

Lauri wittert Gefahr und übernimmt.

»Ich weiß nicht, wo der Vater ist. Also das ist nicht der Vater, der Gabriel, aber er sollte auf sie aufpassen. Das war so ausgemacht. Wo ist denn Sonja? Wo ist sie denn?«, weint Lauri und sieht den schicken Bullen Hilfe suchend an.

Gut, sie ist am Ball, ich habe einfach dreist aufgehört, mich um meine Papiere zu kümmern, und gucke in die Runde. Meine Stimme klingt schnarrend, als ich wieder in das Gerede hineinrufe: »Wo haben Sie das Kind?«

»Wer sind Sie denn, zum Donnerwetter noch mal?«, schreit jetzt der ungepflegte Bulle mir direkt ins Gesicht.

»Hier schlafen Leute. Nikola M …«, sage ich in einem Ton, und »Ausweis ist oben«, füge ich kleinlaut hinzu.

»Wo haben Sie meine Tochter hingebracht?«, will Lauri endlich wissen.

»Inobhutnahme!«, brüllt der Ungepflegte, dass ihm die Haarsträhnen gegen die Backen platschen.

»Das Kind ist beim Nachtdienst in Marienberg«, sagt der schicke Bulle durch den Dunst seines Aftershaves hindurch, das nach Discounter riecht.

»In Marienberg!«, ruft Lauri, und nun weint sie echte Tränen, und nun wendet sie sich herum und sucht etwas und findet mich und fällt mir in die Arme. Endlich!, denke ich. Endlich!, und alle Polizisten auf der Welt sind mir scheißegal.

»Warum haben Sie sie nach Marienberg gebracht?«, wimmert Lauri.

Ich bekomme einen Ständer und kann damit irgendwie gerade wenig anfangen. Ich drücke Lauri ein bisschen an mich, aber sie macht sich sofort los und ist nun an dem anderen Polizisten dran, der sicher nicht mal ein billiges, sondern gar kein Duschgel hat und dessen Uniform fahl und schlaff ist wie seine Haut. Dagegen ist die des schicken Bullen, der jetzt Lauri seine Hand auf die Schulter legt, straff und leuchtend.

»Fickt euch«, entfährt es mir. Scheiße, das war nicht ganz das Richtige. Die beiden sehen mich entgeistert an. Eben wollen sie anfangen zu brüllen, als Lauri aufschluchzt und die Hand vom schicken Bullen nimmt und nun ihm fast in die Arme fällt: »Kann ich sie abholen?«

»Das weiß ich nicht«, sagt der schicke Bulle. Während er mich nicht aus den fiesen kleinen Augen lässt, sagt der andere, zu Lauri gewandt: »Ihre Tochter ist in staatliche Obhut genommen worden, weil Sie Ihre Aufsichtspflicht vernachlässigt haben. Wann sie da wieder rauskommt, ist nicht unsere Sache. Und nun zu Ihnen«, hebt er gerade an, mich abzustrafen, als ich mich umdrehe und einfach aus dem Zimmer gehe.

Lauri höre ich etwas bitten. »Bitte, bitte«, höre ich sie sagen, und dann nuschelt sie so, dass ich nichts mehr verstehe, als ich die Treppen raufgehe.

Oben schwingt die Klotür auf, und Tommi L kommt vom Scheißen.

Unten weint es, und es wird auch am Morgen nicht aufhören, denn die Marienberger werden Ronja nicht mehr hergeben. Sie haben sie raus aufs Land gebracht, nach Selbitz, wo sie nicht fortlaufen kann, wo sie ihre unzuverlässige, asoziale Mutter vergessen soll, um ein aufrechter Mensch zu werden. Nun ja, denke ich. Lange können wir ja hier nicht mehr bleiben, fort sollten wir schnell, und was wir brauchen, sind die beiden Taschen und das Kind. Für einen Mann in einem Auto ist Marienberg nicht weit, und die Erzieher, ja, die Erzieher, die halten mich nicht auf, das hat noch keiner von denen je geschafft.

»Nik!«, ruft Lauri verzweifelt und stürzt die Treppe hinauf, dann kehrt sie aber um, rennt wieder hinunter und aus dem Haus raus.

»Lauri!«, rufe ich hinterher, aber da ist sie schon in die Dunkelheit verschwunden. Ich stehe im Flur, ohne Licht, ohne Gedanken, und auf einmal spüre ich in mir eine Schwäche. Eine Müdigkeit, die mich zwingt, mir einen Stuhl zu nehmen. So sitze ich eine Weile in der Küche herum, ehe ich mich aufraffe und mich vor den Ofen knie. Ich mache Feuer, ein Feuer für Lauri, wenn sie heimkommt, falls sie nicht heut Nacht bis nach Marienberg rennt und vor den Fenstern heult wie ein ausgestoßener Wolf. Aber das Feuer brennt nicht. Der Ofen zieht nicht. Der Ofen ist nutzlos. Ein kalter Eisensarg, in den ich meine immer düsterer werdenden Gedanken hineinstarre.

»Hätte ich das nicht machen sollen?«, frage ich mich. Aber dann lache ich. Was für eine Frage! Was für eine lächerliche Frage. Ich habe gewonnen, denke ich, gehe nach oben in mein Zimmer, ziehe mich splitternackt aus, setze mich aufs Bett in der schwarzen Nacht und warte auf Lauris Rückkehr.

Wenn Lauri noch in dieser Nacht im Haus gewesen ist, habe ich sie nicht gehört. Ich habe sowieso nicht einen Mucks gehört, denn kurz nachdem ich mich glühend und mit wild rotierenden Gedanken aufs Bett gesetzt hatte, um dort lange und unbeweglich wie ein Mönch zu sitzen, fiel ich um und sank in tiefen Schlaf. Ich hatte die Zeit herausgefordert, und die Zeit hatte gewonnen. So wie sie meistens gewinnt.

Am Morgen ist Lauri immer noch weg. Weggerannt wie ein Tier. Schleicht sie um ihre Höhle? Ich jedenfalls mache Kaffee, öffne die Fenster und stelle mir vor, dass der Duft in das Gebüsch zieht, hinter dem sie kauert und heult, und sie hervorlockt. Stattdessen lockt der Duft Tommi L an. Wie schade.

Ich erinnere mich an ein Gespräch mit Gabi, das ewig her ist. Ich war gerade mit meiner Tasche auf den Hof gezogen, hatte meine paar Lumpen auf eine alte, fleckige Matratze im ersten Stock geworfen und war nicht bereit, mit irgendjemandem zu reden. In der Küche waren Leute, die sich unterhielten und Kaffee tranken. Ich würdigte sie keines Blickes. Lief einfach durch den Raum, die Tasche geschultert, den Blick auf dem Boden, Dielen zählen sozusagen. Gabi war nicht da. Die Leute verstummten, sahen mich die knarzende Treppe hinaufgehen und redeten dann einfach weiter, als wäre nichts gewesen. Von diesen Flachpfeifen ist heute keiner mehr da. Sie haben alles versucht, um sich so schnell wie möglich ins Aus zu schießen: Gras in der Ruine anbauen, Ziegen und Hühner halten, eine eigene Währung einführen. Dann haben sie sich alle gegenseitig mit den Frauen und Männern der anderen betrogen und sind einer nach dem anderen heulend ausgezogen, zurück in die bergenden Arme eines bürgerlichen Lebens. Aber ich blieb. Die ersten paar Tage habe ich mich total abgesondert. Ab und zu bot mir einer einen Kaffee an oder ein Bier oder fragte mich nach Feuer und Zigaretten. Alles ziemlich traurige Versuche. Aber nach einer Woche kam Gabi zurück, vor dem ich damals noch einigen Respekt hatte. Er und diese Frau. Sie stiegen aus einem richtigen Taxi. Die Frau war superdünn und sah zu Boden. Das hat mir gleich gefallen, weil ich ja auch nur zu Boden gesehen hatte die letzten Tage. Da könnten wir uns vielleicht über die Spalten der Planken unterhalten oder das schimmelige Linoleum, dachte ich. Gabi kam auf mich zu. Dann stand er da und wartete. Ich musste aufstehen, ohne dass ich es gewollt hätte. Ich machte es einfach. Er umarmte mich zur Begrüßung. Das war mir peinlich vor dem Mädchen. Man konnte ihr nicht ins Gesicht gucken, sie drehte es immer weg wie eine Katze, die nicht gestreichelt werden wollte. Gabi ging ins Haus. Das Taxi fuhr ab. Die Frau stand da, und ich setzte mich wieder. Von unten hatte ich eine bessere Perspektive, um ihre Augenfarbe herauszufinden. Die hat die gleiche Krankheit wie ich, dachte ich und schmunzelte. Ich wollte was zu ihr sagen, aber was soll man zu so einem Reh sagen? Man hat Lust, einen Schuss abzugeben, um zuzusehen, wie es erschrickt. Aber ich hatte kein Gewehr, und mein Räuspern war nicht laut genug. Also schwieg ich. Was sie wohl dachte? Ich glaube, die nahm mich nicht einmal richtig wahr. Gabi tauchte wieder auf. Er tänzelte wie ein Hirsch daher, voller Energie und Elan, legte einen Arm um die Frau und führte sie ab. Dann kam er zu mir und redete auf mich ein, dass ich nicht so schüchtern sein solle, die Leute in der Küche seien keine Monster und hätten Lust, mich kennenzulernen. Ich stand auf und ging ins Haus. Die da drin waren es schon gewohnt, dass ich kein Wort sagte, und sahen nur kurz auf. Aber ich setzte mich an den Tisch, starrte ihnen in die Augen. Ein komisches Schweigen entstand. So ein Schweigen wie bei mir zu Hause, ehe es losging.

Das sind meine frühesten Erinnerungen. Die hängen in meinem Kopf, eingerahmt in schnörkelige Rahmen in einem Zimmer, das ich fast nie betrete. Ich mag dieses Schweigen. Es ist wie ein Bogen, den ich spanne, wie ein Anlauf, den ich nehme – und ich kann es mit einem Knall beenden, wann immer ich will.

Ich blinzelte und zögerte kurz, weil ich mir überlegte, dem Typen vor mir einfach eine Ohrfeige zu geben. Als Antwort sozusagen. Als Antwort darauf, dass Gabriel mir vorhin seinen Arm um die Schultern gelegt hatte. Das alles dauerte nur zwei, drei Sekunden. Meine Armmuskeln spannten sich. Der Typ vor mir wurde unsicher und führte die Tasse zum Mund. Das wird schön scheppern, dachte ich – aber es kam ganz anders: Die Tür knarrte auf. Nur ein Stück und so zart, dass man erwartete, eine Maus hindurchschlüpfen zu sehen. Stattdessen schoben sich weiße Finger hinein, und dann eine spitze Nase: Da stand das Mädchen. Weiß war sie. Wie ein Scherenschnitt aus einer anderen Welt, einer Papierwelt, stand sie da. Welche Schere konnte so feinen Linien folgen? In der Welt, die dieses Wesen in den Raum trug, gab es kein Scheppern und kein Schlagen. Es gab eine Stille, aber sie war etwas völlig anderes als jenes Schweigen, jenes Anspannen bis zum Bersten der Wut. Das Papier würde schlichtweg zerreißen, dachte ich.

Dabei war sie einfach nur magersüchtig. Sie kam herein und sagte Hallo. Ich sagte auch Hallo. Ich starrte sie an, und die anderen begannen erleichtert zu rascheln und zu reden. Jetzt war ich wohl angekommen.

»Ich habe sie aus dem Dreck gezogen«, verriet mir Gabriel ein andermal. Wir saßen draußen. Nur wir zwei. Ich hatte da noch nicht ganz begriffen, dass sie ihm gehörte. Und das muss er wohl gemerkt haben, so wie ich sie immerzu angestarrt hatte, abends auf der Terrasse, im Morgenlicht durch einen Türspalt. Auf dem Hof in der Brise unter der Linde. Deswegen nahm er mich in einem passenden Moment väterlich beiseite und appellierte an meine Vernunft. Er erzählte ihre ganze rührende Geschichte, während er gedankenverloren einer räudigen Katze das letzte Fell wegstreichelte.

»Das Mietshaus hat mir gehört«, begann er, »die Nachbarn hatten sich beschwert. Miete war auch schon länger keine mehr bezahlt worden. Na ja, das war ich gewohnt. Aber meine Schwester hat gesagt, wir fahren dahin und schauen nach. Also sind meine Schwester, mein Schwager und ich dahin, geklingelt, geklopft, Tür aufgebrochen. Die Wohnung sah ziemlich schlimm aus. Wir haben uns alle drei angeschaut und gedacht, da finden wir jetzt ne Leiche. Wegen des Geruchs. Meine Schwester ist durch die Zimmer und schrie auf. Na ja. Keine Leiche, aber da hockte mitten im Dämmerlicht im Müll ein Mädchen. Mit nem Baby. Ein kleines Kind, beide halb verhungert! ›Ihr kriegt sie nicht, ich geb sie nicht her!‹, hat sie geschrien, als wir ihr das Kind aus den Armen gewunden haben. Hat sich in der Kleinen richtig festgekrallt. Hat gedacht, wir nehmen sie ihr weg. Das hat ne Weile gedauert, bis sie gecheckt hat, dass wir nicht von amtlicher Seite kommen. Meine Schwester und ihr Mann wollten das Jugendamt und so anrufen, aber nicht bei mir. Ich arbeite nicht mit denen zusammen. Nicht mit der Polizei und nicht mit dem Jugendamt, das weißt du ja. Da könntest du genauso gut einfach wieder rausgehen und zusperren. Selbes Resultat.«

Er machte eine Pause, um mir Zeit zu geben, ihn zu bewundern.

Aber ich fragte ihn: »Und das Baby war Lauri? Du hast sie aufgezogen und bist so was wie ihr Papi?«

Er schwieg verstimmt und warf die kahle Katze von seinem Schoß.

»Nein, Nik. Begreifst du gar nichts? Das ist noch nicht so lange her. Vier, fünf Jahre. Lauri hier war das.

Weißt du? Deswegen ist sie mir auch so wichtig. Ich hab viel für sie getan. Schau sie dir an: Wie gut es ihr geht! Wie schön sie ist und wie zart! Die gehört nicht in diese dreckige Welt da draußen. Das ist es. Das hast du ja wohl auch bemerkt. Und deswegen werde ich nicht zulassen, dass irgendjemand sie wieder in diesen Dreck hinunterreißt. So einfach ist das. Hast du kapiert?«

Ich kniff die Augen zusammen und blinzelte in die Sonne: »Ja, Gabriel, klar. Hab ich kapiert. Kam ja kein Fremdwort drin vor.«

Und das war also Lauris und Gabis Story. Ich fragte noch nach dem Baby, das hatten sie ihr doch weggenommen, zumindest eine Zeit lang, da hatte Gabi auch nichts gegen machen können.

Und jetzt ist Gabriel im Knast und schweigt. Zumindest solange er denkt, dass Lauri in unserer Nähe ist und in der Nähe der prallen Tasche. Lauri ist weg. Sie läuft wie wahnsinnig durch den Winter, schläft im Müll und hungert sich tot. Ronja ist gefangen im Heim. Und nur ich bin übrig.

Lauern und Leugnen

Während wir uns schweigend betrinken, alle im selben Zimmer, ist es dunkel geworden. Niemand hat ein Licht angezündet, als hätten wir die Dämmerung nicht bemerkt – da hören wir, wie ein Auto über den Schotter rollt. Es dauert keine Sekunde, und wir stehen am Fenster. Es ist der Vegetarier. Wir sehen uns an. Die Tür geht auf, und schwer atmend steht er da. Sieht uns an, als wären wir entlaufene Tiere. Aber es ist keine Käfigtür zwischen uns, die er zuschlagen könnte. Also lächelt er. Einen Moment lang kreuzen die Blicke hin und her. Aber ehe sie ein Wort fordern oder in etwas münden, das wir nicht mehr zurücknehmen können, fängt er an, ganz normal zu tun.

Er hat Tüten mit Lebensmitteln dabei. Als Tommi L einen großen gelben Käse sieht, hat er sowieso alles andere vergessen. Scheu tippelt die Französin los zu ihrem Zimmer. Sie ist noch nicht an der Tür, da hält er sie auf: »Wo ist eigentlich Gabriel?«, fragt er sie in beiläufigem Ton.

Ich erstarre. Sie fragt er – natürlich fragt er sie.

Aber die Französin antwortet ihm: »Der hat Lauri weggebracht. In eine Wohnung in der Stadt oder so.« Das sagt sie, dann lächelt sie ihn schüchtern an und schwebt davon.

Er dreht sich um und blickt uns überrascht an: »Stimmt das?«, fragt er in einem Ton, der fast wie ein Befehl klingt.

»Hä, wieso soll das nicht stimmen?«, antwortet Tommi L, und dann: »He, kann ich von dem Käse?«

Der Vegetarier reicht ihm den dicken gelben Laib und sieht mich misstrauisch an. »Wann hat er sie geholt?«, fragt er mich.

Ich starre ihm in die Augen. Nervös ist er. Aber er weiß, dass der kleinste Fehler von mir in seiner Hand zu einem Käfigschlüssel wird. »Gerade noch rechtzeitig«, sage ich kalt und muss den Hass in meinem Blick gar nicht spielen. Meine Wut scheint ihn zu überzeugen, dass es stimmt.

»Ja, die Französin ist eh zu dumm zum Lügen«, sagt er auf einmal zu Tommi L und lacht ein künstliches, hysterisches Lachen.

Tommi L frisst den Laib Käse wie ein Tiger sein Lamm. Pass auf, dass du nicht in dem Käfig stehst, wenn du ihn abschließt, denke ich und gehe am Vegetarier vorbei, hinaus in die Nacht.

Die nächsten Tage sitzen wir wie auf Kohlen. Jeder beobachtet jeden. Und ich den Vegetarier. Solange er nichts Genaues von Gabriel weiß, wird er abwarten. Wenn er etwas erfährt, wird er uns sofort verpfeifen. Wir sind ein wenig taub in diesen Tagen, als hätte man unsere Gemüter tiefgefroren. Während ich Tommi L gut zurede, schweift mein Blick von der Hausecke zum Hoftor und zurück: »Wir müssen auf Lauri warten, ehe wir abhauen können. Und wir brauchen Ronja.«

»Und die Französin, die nehmen wir doch nicht etwa mit, oder?«, fragt Tommi L.

»Wozu? Die hat die ganze Sache sicher schon längst vergessen«, lache ich.

Genozid

Ich saß ganz in mich versunken da und schob die Krümel auf dem Tisch von einer Kante zur anderen. Machte Muster und zerstörte sie wieder. Für richtige Buchstaben war es zu wenig Dreck, und ich konnte kein sauberes »Lauri« aus Krumen schreiben. Das Fenster, das Fix hier eingeschraubt hatte, ließ sich nicht mehr schließen. Tommi L hatte mal vergessen, es zuzumachen, und dann ist das Holz durch den Regen aufgequollen. Sonst hätte ich vielleicht nicht nach draußen geschaut und hätte einen ruhigen Tag gehabt. Aber der wurde mir gründlich zerstört. Ich vernahm ein seltsames Fauchen, stand zerstreut auf und sah hinunter. Das Fauchen konnte ich nicht orten, aber im Hof lief die Französin immer wieder auf und ab, machte zwei Schritte vor und einen zurück und fuchtelte wie ein traumatisierter Kindersoldat mit den dünnen Armen herum.

»Mach mal nen Tanzkurs – das sieht scheiße aus!«, schrie ich hinunter und wollte mich eben wieder abwenden, als sie mir ihr tränenverschmiertes Gesicht zuwandte.

»Tommi L – er ist wahnsinnig geworden!«, kreischte sie, drehte sich um und rannte zum Scheunentor.

Ich seufzte, schlüpfte in meine Schuhe und schlurfte in den Hof.

»Was ist los?«, fragte ich die Französin, die eben kraftlos an dem verklemmten Holztor zerrte.

»Tommi L hat den ganzen Morgen über die Katzen gejagt!«, heulte sie. »Er hat sie gefangen und in die Scheune getan. Am Schwanz hat er sie hochgenommen und in einen Pferch geworfen.« Verzweifelt sank die dünne Französin zu Boden und sah mich aus dunkel umrandeten Augen an wie ein Waisenkind.

»Jetzt will er sie zerquetschen oder so«, stieß sie unter Tränen hervor.

»Was soll das? Will er sich draufsetzen, oder was?«, fragte ich.

»Ich weiß nicht, was er vorhat«, heulte sie, »aber ich habe gesehen, wie er den Kompressor über den Hof gezogen hat!«

Die Scheune wackelte, und das Tor wurde einen Spaltbreit über den Schotter geschabt. Tommi Ls Gesicht erschien. Er blinzelte in die Helligkeit und fragte: »Ah, Nik, hast du Feuer?«

»Gib ihm kein Feuer!«, entfuhr ein entsetzter Schrei der Französin, »er wird sie verbrennen!«

»Er will eine rauchen«, beruhigte ich sie. »Tommi, was hast du denn mit den Katzen?«

Aber Tommi L war schon wieder in der Dunkelheit verschwunden.

»Was hat der denn mit den Katzen?«, fragte ich diesmal die Französin.

»Ich weiß nicht. Eine hat die ganze Nacht geschrien, da ist er ausgerastet.«

»Weiß ich. Hab ich auch gehört. Ist doch kein Grund, gleich auszurasten. Die ist rollig.« Ich blickte in leere Augen. »Rollig, verstehst du? Eisprung.«

Die Französin richtete sich auf.

»Du musst uns helfen! Er hat gesagt, er will sie zerquetschen. Alle!«

»Na und? Lass mich los, mir ist das scheißegal!«, schrie ich und versuchte die Französin abzuschütteln, die sich an meinem Bein festklammerte.

»Dann bring ich mich um!«, drohte sie verzweifelt.

Ein guter Vorschlag, dachte ich, aber dann fiel mir plötzlich etwas ein. Etwas, das ich heute Morgen in so einer kostenlosen Zeitung gelesen hatte.

»Tommi«, rief ich in die Scheune, »lass die Viecher in Frieden, die brauchen wir noch!«, und zur Französin: »Mach mal den Hänger leer! Den schieben wir gleich hierhin.«

In der Küche ist es kalt und ungemütlich. Zwei, drei, vier, fünf, sechs, sieben – »Tommi, Schluss!«, schreie ich. Tommi L hält inne und guckt mich an.

»Was ist?«, fragt er mit dem Gesicht eines Rauschgoldengels am Weihnachtsmarkt.

»Wie viele Eier willst du denn noch fressen?«, frage ich ihn.

Tommi L scheint die Frage nicht zu verstehen. Er zuckt mit den Schultern, stellt sich aber näher an die Pfanne, damit ich nicht genau sehe, wie er die restlichen fünf Eier in sein Omelett fließen lässt. Die Aussicht auf dieses fette Mahl hat seinen Katzenhass etwas verdampfen lassen. Weiß der Geier, wann sie ihn mir geklaut hat, aber die Französin hat einen dicken Wollpullover von mir an und verschwindet darin wie ein Bleistiftstrich in einem Renoir. Sie tropft Rotz und Wasser in die Wolle und klappert mit den dürren Knochen. Tommi L schabt mit dem Pfannenwender verbranntes Ei hin und her und murmelt vor sich hin.

»Es wird wieder mal Zeit!«, rufe ich plötzlich und sehe die beiden herausfordernd an. Seit zwei Tagen ist es unheimlich still im Haus. Seit seiner Rückkunft schleicht der Vegetarier wie ein Geist durch die Räume, eine unsichtbare Linie trennt ihn von uns ab. Jede Sekunde erwarten wir einen schönen Gruß von der

Außenwelt in Form zweier fettiger Polizisten. Und seit zwei Tagen liege ich auf dem OP-Tisch. Ich liege da, die wohlige Narkose des Sieges ist verflogen. Wenn ich mich aufrichte, kann ich in meinen offenen Brustkorb sehen, in dem mein Herz zuckt wie ein blutiger Säugling. Die Ärzte haben ihren Mundschutz abgenommen und sind Pausemachen gegangen, das war vor zwei Tagen. Ich warte auf die Schwester mit ihrem Nähzeug. Sie hat rehbraune Augen und ist schmal wie ein Messerrücken. Aber ob sie das wieder hinkriegt? Ich habe meine Zweifel. *Lauri!* Aber ne, nich Lauri. Lauri ist doch mit Gabriel und Ronja in einer Wohnung in der Stadt – hat das nicht jemand behauptet? Es passt so gut zu meinem Gefühl, von irgendwem verraten worden zu sein.

»Friss dein Omelett, und dann macht euch fertig!«, treibe ich die andern an. In meinen Augen blitzt und glänzt es wieder. Ich stehe auf, dass der Stuhl umknallt, und reiße den Holzschrank auf.

»Da!«, schreie ich und werfe der Französin eine halb volle Flasche hin. Tommi L erschrickt. Der Wollklumpen streckt zwei erstaunlich geschickte Wollarme aus, fängt die Flasche und beginnt sofort, den Verschluss aufzunagen. Tommi L sitzt am Tisch und schaufelt das Ei in sich hinein, ich sitze auch da, warte, grabe die beiden mit ungestümen Blicken an und kann die Beine nicht stillhalten.

»Hier! Wir fahren nach Zedwitz!«, rufe ich und klopfe auf den unscheinbaren Artikel in der Zeitung.

Nach dem Mahl, das aus Eiern, verdünntem Industriealkohol und Aspirin besteht, wird geduscht. Einer nach dem andern, aber Tommi L zuletzt! Einen kleinen Zwischenfall gibt es dann doch noch, als die Französin verträumt und nach Desinfektionsmittel riechend die

Badezimmertür aufschiebt. Dort steht Tommi L vor dem stumpfen Spiegel und untersucht angelegentlich unzugänglichere Körperregionen, was ohne unästhetische Verrenkungen nicht zu machen ist. Die Französin ertränkt die Bilder in ein paar weiteren Schlucken und wickelt sich in eine alte Plane, dann kann es losgehen.

»Macht schnell, Leute!«, dränge ich sie. Kurze Zeit später schleichen wir zum Auto des Vegetariers, ich zerre den Anhänger durch den Schlamm, ohne auf Tommi Ls Zupacken zu warten, und hake ihn an den mickrigen Polo.

Zedwitz wartet auf uns. Wir biegen auf die Landstraße ein. Bei jedem Schlagloch, das die Achsen des Hängers hüpfen lässt, ruft die Französin »Vorsicht!« und will schon fast wieder anfangen zu weinen. Wir fahren die kurvige Strecke in den kleinen Ort. Nebel hängt über den farblosen Feldern, und die Kälte leckt an unseren Knöcheln und Nasen.

»Meint ihr, man hat lauter kleine Seelen im Sack?«, fragt die Französin auf einmal in die Stille hinein.

Irgendwas beschäftigt das kleine Gespenst, und ich hoffe, es hat nichts mit der Begegnung vorhin im Bad zu tun.

Tommi L fragt: »Seelen?«

Ich beiße mir auf die Lippen.

Nach einer Weile wieder die Französin, mit einer Stimme, so leise, als zerrisse einer nasses Klopapier: »Dann kommen die Babys auf die Welt, und ihre Seelen haben alle ein Schleudertrauma.«

Tommi L grunzt. Ich konzentriere mich ganz fest auf die Straße. Aber sie hört nicht auf. Wieder dauert es eine Weile, als müsse die Französin ihre Gedanken erst auf einem alten Dachboden zusammenkehren, dann hören wir sie sagen: »Das ist es. Man muss tanzen, um das Schleudertrauma auszugleichen. Aber in die richtige Richtung, das habe ich mein Leben lang verkehrt gemacht.« Und sie fährt fort: »Weißt du, Nik, ich habe immer darüber nachgedacht, warum mich die Welt so verwirrt. Wie ein Schwindel. Ich habe versucht, das mit dem Alkohol wiedergutzumachen, aber das klappt nicht.«

Das ist das erste Mal, dass ich die Französin etwas sagen höre, das in all ihrem Wahn eine Art Sinn ergibt. Das Erste, das ich je von ihr mitkriege, das in irgendeiner Weise schön ist.

»Wenn das ein Bild wär, das, was du eben gesagt hast, dann würde ich es mir tätowieren lassen«, antworte ich ihr, aber sie hört mir schon nicht mehr zu.

Tommi L schaut stur aus dem Fenster, weil er keine Ahnung hat, wovon wir reden.

Wir kommen an. Das ist Zedwitz, ein kleiner Ort mit einer großen Stadthalle. Der Parkplatz ist voll.

»Ne Menge Leute hier«, meint Tommi L und arbeitet sich aus dem Polo heraus. Die Französin schwebt ihm hinterher wie ein Gramm schlechte Luft. »Und nu?«

Wir reihen uns möglichst unauffällig in den Strom der Besucher ein und trippeln zwischen Kindern und Rentnern zum Eingang.

»Dreimal normal«, sage ich zur Kassiererin, verbessere mich aber gleich: »Zweimal normal und eine Behinderte.« Das geht aber nicht durch, und ich bleche für uns alle den regulären Eintritt. Wir schieben uns durch die schaulustigen Verrückten an den Käfigen vorbei, als hätten wir gar nichts Besonderes vor. Einfach nur umgucken und ein bisschen die Atmosphäre genießen. Dahinten sehe ich, was ich suche: den Eingang zu den Toiletten.

»Was zum Teufel machen wir hier?«, fragt Tommi L ungläubig, aber die Französin hat ein seliges Lächeln der Erkenntnis auf dem Kindergesicht.

»Gehen wir aufs Klo, Lady?«, flirte ich sie im Scherz an und hake mich bei ihr unter. Tommi L kann es kaum fassen. Er ist so erschüttert, als er mich mit der Französin abziehen sieht, dass er uns einfach hinterhergeht. Er steht in der Tür zur Damentoilette und glotzt – starr vor Angst, etwas zu sehen, das er nie wieder vergessen könnte. Während ich auf die Kloschüssel steige und das Fenster sabotiere, kichert die Französin wie irre. Eine leicht verunsicherte alte Frau schiebt sich an Tommi L vorbei, der das nicht einmal zu bemerken scheint. Sie sieht uns an, nicht ganz schlüssig, ob sie sich empören oder uns ignorieren soll. »Lassen Sie sich nicht stören, wir sind gleich weg«, rufe ich ihr verbindlich hinterher.

Dann raus aus dem Klo und durch die ockerfarbene Menge behäbiger Rentner und gelangweilter Kinder zurück auf den Parkplatz. »Zeit für ein Bier!«, rufe ich und drücke den beiden ihre Ration in die Hand. Das Bier ist gefroren und saugt uns die letzte Wärme aus den klammen Händen.

Wir warten. Anfangs dauert es, aber dann kleckern doch noch die letzten Besucher aus der Stadthalle, ein kleiner Schwall, wie Ketchup aus einer Flasche. Die Dämmerung packt die letzten Farben und erwürgt ihre schwindenden Unterschiede zu fahlem Grau. Wir lassen sie machen und warten. Versonnen haucht die Französin ein paar Wolken in die Kälte: »Eines frage ich mich schon lange.« Tommi L und ich wollen beide nicht wissen, was es ist, und schweigen. Ich starre angestrengt in das Neonlicht über dem Eingang. Die Französin malt Kreise auf die feuchten Scheiben, als stieße sie ihre Gedanken die Bahnen voran. Als ich schon lange nicht mehr damit rechne, dass sie weiterspricht, sagt sie: »Ob dumme Menschen auch dumme Dinge träumen?«

Frag Tommi L, denke ich, antworte aber nicht. Bewegt sich da nicht ein Schatten hinter dem Milchglas der Tür?

»Oder ob sie schlaue Dinge träumen, sie aber einfach nicht verstehen?«

Da erkenne ich sie in der Dunkelheit: die Frau von der Kasse! Ich sehe sie herauskommen und umständlich die Halle absperren. Sie geht zum Auto, ewig braucht sie, ehe der Schlüssel ins Schloss genestelt, die Tür geschlossen, der Wagen gestartet ist. Die Scheinwerfer streicheln im Vorbeifahren unser Grinsen hinter der schwarz spiegelnden Scheibe.

»Auf geht's!«, rufe ich. Wir steigen aus. Tommi L steht ein bisschen unnütz herum, ehe ich ihn anstoße: »Tommi, jetzt fass mal mit an!«

Wir schieben den Anhänger, in dem es schleicht und rumort, über den Asphalt zum sabotierten Fenster. Dort steht schon die Französin in den kahlen Büschen und wippt und tippelt gegen die Kälte auf und ab.

»Hier, hier!«, lotst sie uns aufgeregt auf den braunen Rasen. Mit der Gewalt einer Autopresse drückt Tommi L den Anhänger gegen die Wand. Die Französin stellt sich auf den Mauervorsprung und stößt unser Fenster auf. Sie klettert hindurch, schiebt ihre schmächtigen Schultern durch die schmale Öffnung. Ich verschnaufe, Tommi L steht da und sieht unwillig von einem zum anderen.

»Klauen wir jetzt die Vögel, oder was?«, fragt er schwer von Begriff.

»Ne, Tommi«, sage ich, lache und öffne den Verschlag mit den Katzen.

Die Zedwitzer Vogelschau, stets ein besonderes Ereignis für die Hobbyornithologen und Kanarienvogelbesitzer des Landkreises, ist dieses Jahr der blutige Schauplatz eines animalisch-terroristischen Aktes. Katze für Katze greife ich und reiche sie der Französin, die sie mit zarter Hand empfängt und auf die Reise schickt. Im Klo sammelt sich eine leicht verunsicherte Menge Fell. Leises Murren erklingt, als sie sich langsam auf Erkundung begibt. Vorher noch von brutalen Händen und dicken Fingern aus allen Winkeln gezerrt, aus dem Heu der Scheune herausgetrieben, unter den Schränken und Kommoden hervorgezerrt, begreifen sie langsam die wiedergewonnene Freiheit, die Lebensgefahr, der sie entrannen. Ihr räudiger Duft, das leise Klicken ihrer Tatzen weckt die Vögel. Unruhig beginnen diese in ihren engen Käfigen zu flattern und zu girren. Wertvoll sind sie, sorgsam gezüchtet zu frigider Schönheit. Verzärtelte Lieblinge von Tanten und Singles. Die Katzen sehen sich an und verstehen. Sie schwärmen in die Halle, nicht länger geduckt und verschreckt, sondern im lässigen Herrengang. Das haben sie verdient, das gab es noch nie in ihrem harten Leben. Ich reiche der Französin den Bolzenschneider für die Käfige, und der Spaß beginnt. Tommi L gluckst wie ein kleiner Junge. Er drückt sein dickes Gesicht an die kalten Scheiben der Sichtfenster und starrt in die Dunkelheit hinter den Lamellen. Ich lehne mich zufrieden zurück und rufe leise unseren Trinkspruch in die Nacht: »Auf die Nacht der Katzen! Auf den feigen Anschlag gegen die Bürgerlichkeit! Noch nie vorher wurde das Recht auf den deutschen Sonntagsausflug in einer derart brutalen Weise untergraben!«

Und dann schiebt sich noch ein leises, melancholisches »Prost, Lauri!« aus mir heraus.

Aussicht

Ich sitze da und schaue in die Sonne. Sie glüht fahl, wie ein Streichholz durch ein Glas dicke Milch. Die Felder sind verhangen. Ich fühle mich wohl in dieser Ruhe und nehme einen tiefen Zug von meiner Zigarette. Genau hier hat sie immer gesessen. Auf dieser Fensterbank. Und hat nach draußen gestarrt, als wäre die Welt ein Buch. Ob ihr das irgendetwas gegeben hat, weiß ich nicht. Ob sie etwas Sinnvolles darin gelesen hat, meine ich. Vielleicht war es auch andersrum. Sie saß da in ihrem Fenster wie in einem Rahmen – ein Bild an der Wohnzimmerwand der Welt. Ihr Bild, das sie ausfüllen muss, ein paar Stunden jeden Tag. Daneben gibt es mich nicht. Das war das Problem mit ihr – dass es mich nicht gab in ihrer Welt. Ich habe gelärmt, mit Dreck geworfen, Klingelstreiche gemacht wie ein Lausejunge, um mir darin einen Platz zu ergattern, aber es ist mir nicht gelungen. Ihre Lautlosigkeit hat meine Schreie erstickt. Immer. Ihre Abwesenheit hat meine Liebe so hilflos gemacht, dass ich wie ein wildes Tier geworden bin. Dass Schweigen so viel Gewalt hat, habe ich vorher noch nicht gewusst.

Wenn du hier einmal neben mir sitzen würdest, Lauri, das wäre schön. Dann würden wir uns anlächeln. Und eine Weile in die Augen sehen. Und dann, ehe der Moment vorbeigehen könnte, würde ich grinsen und mich nach vorne beugen. Immer weiter. Nach vorne beugen und vornüberkippen, nach unten segeln wie ein Blatt von der Linde im Hof. Wie ein einzelner verlorener Buchstabe in dem Gedicht deiner geräuschlosen Welt.

Ich würde alles aufgeben, um ein Teil der Stille zu werden. Stille in deinem Blick, Stille in deinen Mundwinkeln. Stille in deinem Bauch.

Du kamst zurück. Einmal kamst du noch zurück. Obwohl wir unsere Chancen verspielt hatten, kamst du noch einmal, um mich in den Arm zu nehmen und mit mir über all das zu lachen: Gabriel, wie er sich abmüht, dich zu erreichen, um doch nur an den äußersten Schichten dieses Lauri-Universums zu kratzen. Diese Bruchbude hier, ein Verschlag für die absurdesten Vogelscheuchen, die einem begegnen können – ein Haufen Irrer aus einem Schundroman. Unsere armseligen Versuche, uns mit Sex aneinanderzuketten, uns zu finden, wenn ich meine Nägel in deinen Bauch kralle und zwischen meinen Zähnen dein Blut spüren will.

Wir haben Arm in Arm über die Marienberger gelacht, die dir deine Ronja entführt haben. Haben die Polizisten verarscht, die mit uns Fangen spielen wollten, obwohl sie gar keine richtigen Beine hatten. Kasperlpuppen sind sie alle. In einem Theater. Nichts weiter. Solange wir dastehen in der unfassbaren, stummen Weite, wie auf einer leeren Autobahn; unsere Blicke ruhen ineinander wie eng verschlungene Hände. Ein paar Tage hatten wir noch, sie kamen mir vor wie eine Ewigkeit. Ich hätte ein Leben darin verstecken können oder zwei oder drei.

Danach kamen sie, um mich abzuholen. Und ich konnte nur noch rennen, denn ich hatte nicht getan, was sie mir anhängen wollten. Ich habe Gabriel verraten und in die Falle gelockt, ich habe seine Frau gefickt, ich habe Colliers und Armbänder und Perlen geklaut, aber das, nein. Ich sage, es war der Fremde. Aber alle anderen sagten später, den Fremden habe es nie gegeben. Patt.

Es war witzig, wie schnell alles ging. Auf dem Weg von Zedwitz zurück haben wir sie gesehen. Eine schwarze Gestalt in den Büschen.

»Halt an!«, hat Tommi L gebrüllt, als sie mir fast vor den Wagen geschlingert wäre. Was für ein Schock! Die Französin hat gebrüllt wie ein lebendig gehäutetes Tier. Tommi L hat mich am Arm festgehalten, ohne es zu merken, und mir einen schönen Satz blaue Flecken verpasst.

Ich habe es erst fünf Minuten später begriffen: Es war Lauri. Wir rückten zusammen, und sie stieg ein. Sie stank und war ganz schön im Eimer, das kann man wohl sagen. Das glückliche Lächeln, das ich mir für unser Wiedersehen aufgespart hatte, blieb mir erst mal im Halse stecken.

Tommi L dachte ausnahmsweise mal mit: »Du musst dem Vegetarier sagen, dass du mit Gabriel weg bist.«

Und die Französin nuschelte: »Und dass du nur Sachen holst, Kleider und so und Slips.«

Ich fuhr durch die dichte Schwärze und hätte fast die Hofeinfahrt verpasst. »Einbiegen, Nik!«, sang die Französin und streichelte dabei Lauris Haare. Das mit dem Vegetarier lief nur so halb gut. Er misstraute uns komplett, aber er wusste einfach nicht, was er machen sollte. Und dann kam dieses verdammte Silvester.

Silvester

Erst war die ganze Bude kalt und grauenvoll gewesen, es stank seit Oktober ganz furchtbar aus den Abflüssen. Kochen ging auch nicht mehr. Tommi L hatten wir einen Zettel hingelegt, dass er was zu essen mitbringen solle, wenn er heimkäme. Lauri hatte sich verzogen, war auf der Flucht vor einem Typen vom Amt.

Ich war draußen auf Alkoholsuche. Wir hatten nichts, wollten uns aber Silvester nicht nehmen lassen. Der Weg in die Stadt war schon so fünf Kilometer, machte wenig Spaß mit ner Kiste Bier auf der Schulter. Der Vegetarier wollte zu seiner Familie fahren, was auch immer er damit meinte – ich bin sicher, niemand hat ihn eingeladen, und er hat keine Familie, und niemand liebt ihn. Aber sein Auto hätte ich jetzt gut gebrauchen können.

Deswegen hatte ich auch morgens, als er frustriert in seinen leeren Privatvorrat an Kaffee gestarrt hatte, ein nettes Wort an ihn gerichtet, es wäre doch schön, Silvester gemeinsam zu feiern. Er starrte mich an, dann noch mal wütend in seinen leeren Kaffee und knurrte: »Da war gestern noch was drin.« Ich wollte antworten, dass ich nicht verstünde, wozu ein blasser Grasfresser Kaffee brauche, und dass ich ihn schon hysterisch genug fände, aber ich biss mir auf die Zunge. Wir hörten die Stimme der Französin von unterm Tisch, sie sagte, dass Tommi L den Kaffee gegessen habe, um die Arbeit heute zu überstehen, und der Vegetarier solle auch nicht nach seiner Milch suchen. Ihr Kopf knallte zurück auf den Boden, und ich war froh, dass sie sich raushielt.

»Komm, fahr mich in die Stadt«, sagte ich in einem Ton, den ich für unverbindlich hielt. Er warf die Dose in die Spüle und ging raus. Fünf Minuten später hörte ich sein Auto vom Hof rumpeln. Ich rannte sofort in sein Zimmer, um nach Geld zu suchen, aber die Französin war genauso schnell. Sie fand einen Fünfer, steckte ihn ein und verschwand. Ich rief ihr nach: »He! Heute ist Silvester, das Geld ist für alle!« Aber sie war weg. Zum nächsten Zigarettenautomaten, ohne sich auch nur Schuhe anzuziehen, gierig wie ein Heroinsüchtiger, der an einer Nadel leckt.

Ich war ein bisschen unentschlossen, aber weil ich eigentlich neben Lauri der Einzige war, der in letzter Zeit irgendwas zuwege brachte, fühlte ich mich verantwortlich für die Kinder: Es war schließlich Silvester. Ich unterdrückte die Lust, auf die Französin zu warten und ihr kurz eine Flasche über den Kopf zu hauen – es hätte sie eh kaum verändert –, und ging Holz holen. Alles voller Raureif, das Holz. Knallte auf den Küchenboden. Kein Herd, kein Abfluss, kein Essen. *Kein Bier!* Ich ging noch in derselben Sekunde los, als der Gedanke dorthin zurücksank, von wo er gekommen war. Er lag nicht tief. Es war kalt, und per Anhalter fahren funktioniert ab einem bestimmten Grad der Verkommenheit nicht mehr. Also durch die Felder. Ich hatte gute Schuhe. Irgendjemand anders nicht mehr. Verjährt. Es wäre fairer gewesen, sie ihm im Sommer zu klauen, denn er hatte noch heimlaufen müssen, aber wer trägt im Sommer Winterschuhe? Ego me absolvo.

Angekommen. In die Höfe der Kneipen, nachgucken. In Hauseingänge, nichts. Autos, die offen stehen zum Ausladen, kaum Ausbeute. Hab es mit Charme versucht. Schreckliche Bilanz. Bei der Brauerei Bier zu klauen ist am schwierigsten, da stehen die Mauern von Kisten und lächeln dir zu, aber du kommst nicht über den Stacheldraht, und überall Überwachung. Im Mannschaftsraum der Feuerwehr fand ich einen Kasten, den ich gerade noch so raustragen konnte, ohne erwischt zu werden, das war heikel. Die hätten mich plattgemacht. Ich versteckte ihn und noch anderes Kleinzeug irgendwo in einer alten Mauer und fragte mich, wie ich das Zeug nach Hause bekäme, während ich ein Wurstbrot verzehrte, das ich einem Kind weggenommen hatte.

Da kam plötzlich Lauri vorbei. Was ich hier mache. Ich zeigte ihr das Bier, sie zeigte mir Geld, das sie noch von Gabi hatte. Wie rührend! Ich bekam ein schlechtes Gewissen und wurde ekelhaft zu Lauri. Sie ließ mich links liegen und haute ab. Aber ich hatte keine Lust, allein heimzulaufen, und ging ihr nach. In einer armseligen Passage sah ich was, das mir sofort den Blick rumriss. Ich blieb stehen und starrte in die Auslage.

Eine rote Jacke. Die bekommt Lauri! Ich ihr nach und nach dem Geld gefragt. Sie war noch sauer und guckte mich nicht an. Das war das Schlimmste, sie schaute einfach nach unten, und ich konnte sie nicht erreichen. Ich strich ihren Pony zurück und verkrallte mich in ihren Haaren und hob ihren Blick und zog sie ein Stück auf das Schaufenster zu. Aber das war sehr problematisch. Wir hatten uns eine ganze Zeit lang nicht mehr so angefasst, es machte was Komisches mit uns, mich sofort wütend, sie sofort verletzt. Mich auch ein bisschen geil. Wir sahen uns an und wussten alles, was der andere dachte, auch, woran er von früher dachte, ich ließ los, aber jetzt schaute sie mich wieder an und machte mir ein Zeichen, nach draußen zu kommen. Wir saßen auf arschkalten Steinen auf einem Pennerplatz vor der

Passage und rauchten erst mal schweigend. Lächelten manchmal. Irgendwann stand sie auf und ging weg.

»Was machst du?«

»Einkaufswagen, damit wir die Sachen heimkriegen«, sagte sie.

»Komm mit!«, rief ich und hätte sie fast wieder angefasst, am Rücken, an der Jacke, um sie zu ziehen. Ließ es.

Sie merkt es natürlich, registriert alles. Weiß alles, kennt dich, wenn sie dich kennt. Und du bist sowieso immer unterlegen, weil du einen Schwanz hast. Sie aber nicht, deswegen kann sie kalkulieren.

»Was soll das?«, fragt Lauri, als wir vor dem Schaufenster stehen.

»Die Jacke«, sage ich.

»Für mich?«

»Ja.«

Sie guckt mich an, schüttelt belustigt ihren Pony: »Und jetzt?« Sie weiß, dass ich kein Geld habe.

Ich: »Wie viel Geld hast du?«

Sie muss fast lachen, weil ich so schlecht im Schenken bin.

»Das Geld von Gabi?«

»Ja, wie viel?«

»Das ist für Silvester.«

Ich gehe einfach mit ihr rein, und diesmal funktioniert es. Die Jacke kostet natürlich mehr, als wir haben. Aber ich krieg sie. Es ist zum Glück eine Verkäuferin. Wir scherzen, flirten mit ihr, machen dann auf rührend, wie wir unser Geld zusammenschütten; immer spitzbübisch. Sie kann nicht anders, wir sind so ein süßes Paar, sie packt uns die Jacke in eine große Papiertüte, und wir lassen sie zufrieden lächelnd in ihrem Laden zurück. Drei glückliche Menschen. Dann ist Lauri irgendwie geschäftig, ein bisschen kühl. Sie weiß, wie mich das verrückt macht. Wenn ich mich abgewiesen fühle, kriege ich die Krise, werde noch kälter, aber – egal.

Es fällt nicht so auf, weil wir zu tun haben. Einkaufswagen mopsen, Sachen einladen, fünf Kilometer. Ich habe keine richtige Jacke an, nur so einen dünnen Fetzen, hab das Wetter unterschätzt. Wie wir so die hügelige Straße langlaufen, wird das Schweigen wieder auffällig. Scheißweiber, denke ich gerade, Scheißspiel. Jetzt ist was zwischen uns, jetzt habe ich ihr was geschenkt, jetzt muss sie auf Abstand. Ich werde immer frustrierter, Gedankenmühle, Kälte. Die Kälte macht mich aggressiv. Will Lauri schubsen und den Wagen den Berg runterstoßen. In dem Moment reagiert sie. Macht die Jacke auf, umarmt mich, lässt mich mit drunter. Eine Geste, keine Einladung, das verstehe ich schon. In mir sackt etwas zusammen. Mein Magen ist voller Schwäche, wie er vorher voll Hass gewesen ist. Ich will heulen. Lauri hat es wieder mal geschafft, schlauer zu sein als alle anderen Frauen. Genau im richtigen Moment. Ich reiß mich zusammen, ignoriere jegliches Zucken in meiner Hose – das bin ich ihr schuldig – und rede irgendwas davon, was wir später kochen und über das Kind, von dem ich das Brot hatte. Kinder ist eigentlich ein schlechtes Thema bei Lauri, aber sie nimmt es dankbar auf, nuschelt ein paar Worte über Ronja und wie es ihr damit geht, und wir kommen heil und ohne übereinander herfallen zu müssen zu Hause an.

Da steht ein Auto: der Vegetarier ist da. Ich hab einen Geistesblitz. Lauri hat doch Kaffee organisiert. Aus der Krankenhausküche mitgehen lassen. Ich geh mit dem Päckchen in der Hand hoch und traue meinen Augen nicht. Lauri und ich starren uns fassungslos an. Die Küche ist nicht wiederzuerkennen. Ein neuer Herd steht da – zwar nicht eingebaut, aber angeschlossen, gelbes Licht aus seinem Rohr. Die Französin hockt mit gewaschenen Haaren vor dem Ofen und reißt versonnen das Etikett von einem Glas Senf. Der Vegetarier steht über einer Schüssel und wäscht Geschirr ab. Der Tisch ist sauber, voller Gemüse und so, und es ist warm. Es ist warm im Haus.

Lauri, abgebrüht wie immer: »Wie habt ihr den Bollerofen angekriegt?«

Der Vegetarier: »Sauber gemacht.«

Mein Angebot: »Der Kaffee, den du wolltest.« Ich halte ihn ihm hin. Er kommt und nimmt ihn. Er schaut mich so an. Richtig können wir nicht mehr miteinander. Mein Ton ist immer eine Lage daneben, wenn ich was zu ihm sage, auch wenn ich nett klingen will.

Wir werkeln in der Küche herum, ich schau nur auf mein Schnippelgut, höre aber genau hin, wo seine Schritte hingehen, die vom Vegetarier, mein ich. Irgendwann blicke ich auf und merke, dass Lauri mich anstarrt. Erst denke ich kurz, es ist wegen vorhin. Dann merke ich die Stimmung. Ich habe sie kaputtgemacht. Bisschen gedrückt. Entschuldigen? Kann ich so nicht. Ich stehe auf und mache Wasser heiß, brühe Kaffee auf, zwei Tassen, reiche eine dem Vegetarier. Es funktioniert nicht. Er knurrt nur. Kann auch nicht funktionieren, ich hab's nur wegen Lauris Augen gemacht. Schau mich weich an!, denke ich. Dann gehe ich raus in die Kälte und hacke Holz. Denk an Titten. An Ärsche. Es ist schon dunkel. Tommi Ls Keuchen höre ich, ehe ich ihn sehe. Er schleppt eine Kiste und hat noch einen mitgebracht. Sie tragen zu zweit. Ich kenne den Typen nicht.

»Hey, Tommi!« Ich nehme dem Fremden die Kiste ab, und gut gelaunt gehen wir hoch. Oben kochen sie noch, die Stimmung ist besser geworden, sie lachen alle drei. Wir wuchten die Kiste auf den Tisch, nicht eben sanft, irgendwas fällt herunter. Dann fallen wir über den Inhalt her.

»Fleisch!«, schreien wir alle, also außer der Französin und Lauri und dem Vegetarier. Wir reißen es aus der Verpackung und tragen es wie eine Reliquie durch die Küche.

Der Vegetarier wird wieder grimmig, wir lachen ihn aus. Das Fleisch wird gebraten. Wir nehmen nicht so viel Rücksicht darauf, den Vegetarier zu schonen, da tropft es schon mal und spritzt und riecht nach Tier. Am Ende sitzen alle am Tisch und trinken Bier und Wein und essen die besten Sachen. Wir machen wieder auf Frieden, die ganze Gemeinschaft ist nett zueinander. Ich reich dem Pflanzenfresser das Kartoffelpüree und er mir den Wein.

Lauri ist relativ still, die Französin dagegen total ausgelassen, in ihren Körper passt nicht so viel Alkohol. Sie wird immer zudringlicher und vertraulicher. Ich überlege mir schon, irgendwas Verletzendes zu sagen, damit sie mich in Ruhe lässt, aber mir fällt nichts ein. Ich sage nur zu Lauri: »Eigentlich sollten wir das nächste Mal die Französin im Krankenhaus klauen schicken, in die onkologische Abteilung, da fällt sie nämlich nicht auf.« Aber die anderen lachen nicht, weil sie nicht wissen, wo Lauri den Kaffee herhat. Irgendwann fängt Tommi L an, der Französin auf den Kopf zu hauen, wenn sie was sagt, das hilft so einigermaßen, und sie lacht auch noch darüber. Wir haben es schön.

Nach Mitternacht kommt Fix nach Hause. Er legt seinen Hut in eine Ecke, wirft seinen Rucksack ab, setzt sich zu uns an den Tisch, lächelt, bringt Ruhe mit. Alles wird noch ne Spur freundlicher. Er stellt keine Fragen, nimmt alles hin, wie es ist, die Küche, die Leute, den Fremden. Er kriegt die Reste, aber es ist noch genug da. Lauri ist sichtlich erleichtert, dass er dazugekommen ist. Weil es sonst eben doch immer Ärger gibt. Das Schiff wird ruhiger, es nimmt wieder Kurs auf. Fix erzählt nichts, er isst, macht Witze, zeigt uns mal irgendwas, ein Foto von einem alten Auto mit einem Schwein oder so oder was anderes, das er gefunden hat. Sein ganzer Rucksack und sein Gesicht sind voller Wärme und Frieden und Licht.

Der Fremde hat schon die ganze Zeit immer wieder mal gegen den Vegetarier gestichelt und dumme Witze gerissen. Der hat es aber einfach runtergeschluckt, sich nichts anmerken lassen. Aber jetzt ist der Fremde betrunken, und er wird immer ausgelassener. Der Vegetarier ist wirklich nur ganz langsam sauer geworden, aber jetzt merkt man es ihm an, und das sieht Tommi L und fängt an, ihn auszulachen. Er stichelt mit.

Fix betrachtet das Ganze nur. Lauri ist sauer, die Französin glotzt Fix in die Augen, und der merkt es nicht oder ignoriert es. Ich halte mich zurück. Mache mal nen neutralen Witz.

Ich weiß nicht, wie der Streit dann ausgebrochen ist. Ich weiß nur, dass es noch dunkel draußen war. Wir hatten sogar Feuerwerk gehabt. Es war ein tolles Silvester gewesen. Irgendwie ein gutes Gefühl, die Wärme, Fix, der wieder da war, das Essen. Der Vegetarier wurde mit einer Rakete beschossen und kam dann mit einem Schürhaken raus, den er dem Fremden ins Gesicht stoßen wollte. Wir konnten nicht anders, als auf den Pflanzenfresser loszugehen, alle betrunken, zu heftig. Es war aber nur kurz. Keiner hielt uns ab, es ging wirklich ganz schnell. Dann lag er in der Mitte auf dem Bauch im Schnee. Alle standen drumherum und hatten ihre Gläser noch in der Hand, und keiner kümmerte sich um ihn, weil wir alle noch so fröhlich waren. Dann irgendwann fing Tommi L an zu singen: »Der Vegetarier frisst die Wiese!«, und wir machten alle mit, schrien: »Der Vegetarier frisst die Wiese.« Fix war nicht dabei, aber Lauri schon, sie stand neben mir und sang mit und hatte sogar einen Arm um mich gelegt.

Keiner von uns merkte, dass der Vegetarier tot war.

Beerdigung

Einmal haben wir noch Spaß. Der Polo gleitet sanft auf der Schicht nasser Pappe, die die Straßen bedeckt. Pulverdampf hängt in der Luft. Ab und zu sirrt eine einsame, verspätete Rakete in die Luft und hinterlässt ein paar wirkungslose Lichtpunkte im heller werdenden Himmel. Gibt es etwas Intimeres als die stillen Stunden nach dem Zwölfuhrläuten, dem Licht und dem Lärm?

»Der Scheißkopf geht immer hin und her!«, sagt Tommi L. Seine Stimme klingt leicht angespannt. Der Vegetarier sitzt neben ihm und erwacht in jeder Kurve zu unheimlichem Leben. Wir haben gelost, wer hinten sitzen muss, Tommi L hat verloren. Den Vegetarier haben wir nicht gefragt. Lauri war voll wie ein Eimer und blieb zu Hause. Sie liegt in der Küche auf dem Boden. Fix und ich sind als Einzige zurechnungsfähig. Er späht nervös die Straße aus, ich fahre, angestrengt durch die Scheibe starrend. Wir fahren so unendlich langsam, dass ich fast schreien möchte. Aber einen Unfall können wir nicht riskieren.

Es war so gegen zwei Uhr, als wir ihn umgedreht hatten, da war ich schlagartig wieder nüchtern geworden. Fix war am hilfreichsten von allen gewesen. Besonnen und praktisch. Er hatte darauf bestanden, dass wir den Vegetarier gleich entsorgen.

Man kann sagen, was man will, aber mir ging es nur mittelmäßig. Meine Fingerknöchel waren weiß, und ich zitterte so heimlich wie möglich unter meiner Lederjacke. Auf einmal blaues Licht. Silvester ist doch um! Ist es eine Rakete? Nein. Scheinwerfer hinter uns, Polizei. Fix saugt die Luft ein, das klingt wie ein Schwerthieb in einem alten japanischen Film.

»Scheiße, scheiße, scheiße«, wimmert es von hinten. Tommi L weint, obwohl noch gar nichts passiert ist.

Sie stoppen uns. Ich wage nicht, rüber zu Fix zu sehen, aus Angst, ich könnte in seinem Gesicht was anders erkennen als väterliche Zuversicht. Das Auto hält, über das niedrige Dach wirft das blaue Flackern einen Bannkreis aus gespannter Erwartung. Sie nähern sich, und ich muss das Bedürfnis unterdrücken, einfach aufs Gas zu gehen, wegzurasen, wie wild zu schreien.

»Fahr doch, fahr doch, fahr doch!«, flüstert es hinten verzweifelt.

»Fresse!«, fährt ihm Fix scharf ins Wort.

Da stehen sie. Ich kurble das Fenster runter. Wie es mich wurmt, dass es wieder diese beiden sind, die mich festnehmen werden. Fetthaar und Schleimbeutel stehen vor uns und grinsen. Jovial stützt sich der Ungepflegte bei uns ab und guckt gemütlich in den Wagen. Das billige Duschgel geht gemessen um den Polo. Jeder Schritt ein Meter geballte Wichtigkeit auf dem Weg steil nach oben. Fetthaar lächelt mich vertraulich an. Noch denkt er, es handle sich um eine einfache Alkoholkontrolle. Einen schnellen Erfolg, einen kleinen Zwischenfall. Das Duschgel hat die Hand an der Waffe. Ist das ein Zufall? Mir zieht sich der Magen zusammen. Immer noch von hinten der fast unhörbare Scheißescheißescheißesingsang.

»Na, haben wir was getrunken?«, fragt der Bulle und bläst mir seinen Atem ins Gesicht, igitt, das Schwein.

Mir ist klar, dass es komplett egal ist, was ich sage, trotzdem versuche ich es einfach: »Nein.« Und so höflich wie möglich füge ich hinzu: »Aber ich kann gerne blasen, wenn Sie wollen.«

Der fette Bulle grinst eine Zeit lang. Dann sagt er: »Kennen wir uns nicht?« Eben will ich was über die Kleinheit von Kleinstädten murmeln, da ruft der andere: »He!« Sein Tonfall gefällt mir nicht. Er klopft hinten an die Scheibe.

Fix macht die Tür auf und will aussteigen. Obwohl er das ganz ruhig tut, flippt das kleine Duschgel völlig aus: »Bleiben Sie im Wagen! Bleiben Sie im Wagen!« Er drückt gegen die Tür, die Hand an der Waffe. Ich versuche ein Grinsen zu dem Alten, der nun seine Finger von der Tür genommen und sich aufgerichtet hat.

»Schon gut«, sagt Fix.

Der Alte grinst mich nicht mehr an.

»Soll ich jetzt blasen oder was?«, versuche ich abzulenken. Aber das funktioniert nicht mehr.

Beide machen jetzt einen Schritt zum Heck des Wagens und lugen durch die Scheiben auf die Rücksitze. Gott, lass Tommi L jetzt die Nerven behalten, denkt es aus irgendwelchen Tiefen in mir.

»Der Typ da, was ist mit dem los?«, fragt der Alte mich scharf, während sein Kollege sich unauffällig zum Polizeiwagen zurückzieht. Scheißescheißescheiße, denke ich jetzt auch.

Da sagt Fix: »Der ist tot. Er war Vegetarier, das musste früher oder später so kommen.«

Ich glaube noch kaum, was ich gehört habe, von hinten ertönt ein hysterisches Giggeln. Ich drehe mich um, damit ich sehe, was der Bulle sieht. Da sitzt er, der bleiche Tote. Dieses Damoklesschwert, dieser Reformfluch. Blut läuft ihm aus dem Mundwinkel, aber es könnte auch Kotze sein. In diesem Moment klappt er den Mund auf, sein Kiefer fällt herunter, und der Vegetarier rülpst uns an, mich und den Polizisten. Dann kippt sein Kopf vornüber, als würde er schlafen. »Deswegen fahre ja ich«, sage ich schulterzuckend zu dem ungepflegten Bullen.

Er lacht. Er tritt beiseite. Er bedeutet uns, weiterzufahren. Sein Kollege kämpft sich hastig aus dem Wagen und will herbeieilen, aber der Alte winkt ab. Noch nie habe ich mich über das Lachen eines Polizisten mehr gefreut als jetzt.

Ein seltsames Gefühl ist das. Entronnen zu sein. Wir schweigen, fahren, es kommt mir manchmal fast vor, als glitten wir. Wäre das eine Droge, sie ließe sich gut verkaufen. Das Auto kämpft sich den Hügel hoch, die Straße wird breit. Ich merke von alldem fast nichts. Fix muss mich anstoßen: »Abbiegen!«

Das mache ich, wir biegen ab. Da vorne im Nichts liegt das lange, flache Gebäude, das wir ihm ausgesucht haben. Einladend offen steht das Schiebetor zur Hofeinfahrt. Genau hier soll er liegen, damit alles einen Sinn ergibt. Sein Tod ist zu unverschämt, sein Sterben zu humorlos, als dass wir es einfach so hinnehmen könnten. Wir lassen uns den Abend nicht versauen, er bekommt, was er verdient. Der Wagen tanzt die paar Meter dahin und bleibt wie von Zauberhand stehen. Die Türen gehen auf, ihre Geräusche sind stumm, ehrfürchtig zurückgehalten von dem wundersamen Geschehen unserer Rettung. Auf einmal ist alles so leicht. Wir haben keine Angst mehr. Wir kichern sogar. Tommi L guckt mich immer wieder lustig an, macht Augen, so rund und groß wie Riesenräder auf dem Herbstmarkt, und sagt Sachen wie »Uiuiui« oder »Hollala«. Der Vegetarier schwebt wie in einem Zaubertrick aus dem Auto, wir halten ihn so leicht wie eine Bahn Papier.

»Hierhin, hierhin legen wir ihn«, kichere ich.

Sanft gleitet uns der verblichene Mitbewohner aus den Händen, verlegen stehen wir um ihn herum, der ein oder andere hat die Hände im Schoß zusammengenommen. Ist das eine Beerdigung? Keiner von uns weiß es. Immerhin ein letzter Gruß.

»Tschüs, Vegetarier«, sage ich. Und wie in eine Formel fallen die andern mit ein und sagen ein seltsames »Tschüs, Vegetarier«, grinsend und in den eigenen Tönen fremd.

Zu Hause erwartet uns eine hohläugige Lauri mit heißem Kaffee, den sie uns zittrig in die Tassen gießt. Einmal noch behandelt werden wie tüchtige Waldarbeiter, die von der Schicht heimkehren. Nur ihre geflüsterte Frage drängt uns ein wenig zurück in die Realität dieses seltsamen, gewichtlosen Neujahrsmorgens: »Wo habt ihr den Vegetarier hingelegt?«

»Na oben an den Stadtrand«, antworte ich ihr, »direkt vor den Fleischmarkt.« Der Kaffee schmeckt herrlich.

Und das ist eigentlich auch schon das Ende der Geschichte. Zumindest, was Lauri und mich angeht. Am nächsten Tag ist sie weg. Die seh ich nicht wieder, denke ich. Ihr Verschwinden ist, wie wenn der Leim aus einem Werkstück verdunstet: die Teile fallen einfach auseinander. Sind zu nichts mehr zu gebrauchen: Tommi L, die Französin und ich.

Ich gehe durch den Flur. Die leeren Zimmer im Haus starren mich an wie ausgeschabte, schwarze Augenhöhlen.

Vielleicht ist es eine Krankheit. Vielleicht stirbt das Haus. Lauri, der Vegetarier, Gabriel sind schon aus ihm herausgestorben, nun bleibt nicht mehr viel übrig. In der Küche brennen ein paar schwache Teelichter gegen die

Dunkelheit an. Die Leere des Hauses schwappt herunter und spült einen kalten, ungemütlichen Film über unsere Füße. Scheiße, denke ich, das Geld ist alle, und ich grabe meine Finger in einen Haufen verknotete Ketten und Armbänder aus Silber, Platin und Gold, die auf dem Tisch liegen wie ein vergessener Batzen Nudeln.

»Das Zeug hier müssen wir langsam loswerden«, sage ich zu Tommi L. Weder Benzin noch Lebensmittel sind vorhanden. Wir sind festgefroren auf dem Hof. »Wir müssen nach Karlsbad fahren«, sage ich. Karlsbad ist gut. Da sitzt der fette Russe und giert nach übertriebenem Schmuck.

»Felix kennt da jemanden. Aber noch ist es zu riskant.«

»Vor allem nicht im Auto vom Vegetarier«, meint Tommi L, »das haben die bestimmt notiert.«

Recht hat er. Aber das versteht die Französin nicht. Ein helles Kreischen erklingt von der Kellertreppe.

»Nicht schon wieder!«, seufzt Tommi L.

Ich vergrabe den Kopf in den Händen. Leider ist uns die Französin in der Zwischenzeit verrückt geworden.

»Geh du hin!«, rufe ich, »es ist deine Schuld!«

Aber da wird Tommi L wütend: »Meine Schuld? Du bist schuld! Du hast sie trockengelegt wie ein altes Wrack!«

Aber ich wehre mich: »Ich? Du hast ihr eine runtergehauen!«

Tommi L beugt sich vor und ruft empört: »Ach ja? Natürlich, ich wieder! Da frage ich mich doch, wer musste sie nackt in die Kälte peitschen, hä?«

Das ist zu viel, und ich schreie: »Halt dein Maul! Vielleicht liegt es auch daran, dass du sie in die Regentonne geworfen hast!«

Einen Moment lang funkeln wir uns an. Dann wieder ein spitzer, lang gezogener Schrei. Wie ein Vogel, den man vergessen hat zu füttern. Wenn man ganz ehrlich ist, kann die Schuldfrage in dieser Sache nicht befriedigend geklärt werden. Fakt ist, wir wollten ihr beide nur helfen.

Das war so: Seit Tagen lief die Französin in der Wohnung umher, schlief nicht, aß nichts und wechselte nicht die Hose. Seit Tagen stachen ihre spitzen weißen Finger in alles hinein. Schubladen, Kleiderhaufen, Kisten, Mülleimer. Sie suchte Alkohol, Amphetamine und infolgedessen auch Geld. Wenn sie mich ansah, glühte der Hass in ihren Augen: Nik ist schuld, er sitzt auf den Perlen und rückt nichts heraus. Sie wusste nicht, wo ich das Zeug versteckt hatte. Und das war gut so, denn sie verstand kaum noch ein vernünftiges Wort.

Einmal kam ich abends in die Küche, da fiel sie mich an. Stand in einer dunklen Ecke und sprang mich an wie ein Raubtier. Sie krallte sich an meinem Rücken fest, und ich musste sie am Kühlschrank abschaben, ehe ich ihr eine verpassen konnte. Sie war wie verrückt, wenn sie nichts einnahm. Der Alkohol hielt sie am Laufen wie Benzin einen Motor.

Eigentlich ging es uns ganz gut in den letzten Tagen. Wir hatten eine Art seltsamen Frieden miteinander, wir drei. Aus dem einfachen Grund, dass wir nichts voneinander wollten. Tranken mal ein Bier zusammen, aßen gemeinsam und warteten, bis sich die Situation entspannt hätte und wir gemächlich rüberfahren und das Zeug loswerden könnten. Aber sie ist langsam durchgedreht. An einem Morgen kam sie herunter und hatte vergessen, sich untenrum was anzuziehen, sie war nackt und merkte es nicht mal! Aber wir waren gerade beim

Essen. Ich musste sie mit einem Küchenhandtuch auspeitschen, damit sie abzog. Später stand sie hinter der Tür im Schatten und traute sich nicht hinein. Stand einfach nur da, starrte uns an und sang mit leiser, dünner Stimme vor sich hin.

»Stell ihr mal ne Schüssel Milch hin!«, lachte Tommi L – aber ich fand es nicht so witzig. Ihre Blicke waren dünn und giftig geworden wie rostige Fixernadeln. Sie war nicht mehr sie selbst. Das waren die letzten Tage mit der Französin. Ich kann nicht sagen, dass mich die Erinnerung wehmütig macht, aber irgendwie fehlt sie. Es ist, wie wenn man ein Familienalbum findet und die lange wie verliebt aufeinanderliegenden Seiten auseinanderreißt. Zwischen den lachenden Gesichtern ist plötzlich ein helles, leeres Viereck.

Was fehlt denn da?, denkt man, aber es fällt einem nicht ein.

Ich wachte auf und merkte gleich: Da stimmt was nicht. Was für eine Nacht! Als wir schlafen gegangen waren, war noch alles ruhig gewesen. Um den gelben Schein der Laternen hatte sich ein milchiger Nebelkranz gelegt, und die Äste zitterten kahl in der Kälte. Aus Tommi Ls Zimmer tönte noch leise Musik. Ich fiel in einen verzweifelten Schlaf, in dem ich mich selbst festhalten musste, so einsam machte mich der Gedanke an Lauris Verschwinden. Doch gegen eins wachte ich auf, weil Tommi L an meine Tür wummerte.

»Nik, sag ihr, sie soll ruhig sein!«, flüsterte er wehleidig.

Dann bemerkte ich es erst: Schritte aus dem Nebenraum. Die Französin marschierte in ihrem Zimmer umher wie ein Tiger im Käfig. Sie lief und lief und lief.

Knallte ihre Hacken auf den Dielenboden und ließ zwischendurch ein nervöses Wimmern oder Gemurmel hören. Ich fuhr aus dem Bett und stürmte rüber.

»Was ist denn los, du bescheuerte Fotze!«, schrie ich wütend.

Aber sie achtete gar nicht auf mich. Lief einfach weiter ihre Kreise ab und brabbelte vor sich hin. Wäre es nicht mitten in der Nacht gewesen, hätte ich es ganz witzig gefunden.

»He, Französin«, versuchte ich es jetzt mit sanfter Stimme, »geh doch wieder ins Bett, ja?«

Der Trost kam nicht an. Stattdessen blieb sie stehen, krümmte sich zusammen, dann schrie sie und trommelte mit ihren Puppenfäusten auf alles um sie herum ein: Lauris Spiegel, ihren Kopf, die Wand.

Tommi L und ich sahen uns an. »Jetzt dreht sie völlig durch«, sagte ich, zuckte mit den Schultern und ging wieder ins Bett.

Ich lag in meinem Zimmer in der Dunkelheit, schüttelte den Kopf und musste kichern. Wahrscheinlich war die Französin schon lange tot, und nur ihr Durst hielt den Körper noch am Leben. Das hätte auch den Geruch erklärt. Dann schlief ich ein. Gefühlte zehn Minuten später wurde ich wieder geweckt. Das Marschieren war immer noch da. Tumb, tumb, tumb, lief die Verrückte die Dielen ab, stieß gegen Möbel und raschelte an irgendetwas vorbei. Ich torkelte aus dem Bett. Es war kalt. Auf dem Flur hockte Tommi L vor ihrer Tür. Er hatte sich wohl damit abgefunden, diese Nacht durchzumachen, saß gelangweilt da und machte ein Spiel daraus, der Französin mit seiner Taschenlampe in die Augen zu leuchten.

»Tommi, was sollen wir denn da machen?«, fragte ich leise und ratlos.

»Wir müssen sie wegbringen. Zu einem Arzt. Oder zu Gabriel.«

»Tommi, Gabriel ist nicht mehr da, eh?«

Tommi L zuckte mit den Schultern und fuhr fort, der bleichen, rastlosen Gestalt das grelle Licht ins Gesicht zu klatschen.

»Geh schlafen«, sagte ich müde, drehte mich um und fiel wieder ins Bett.

Nach einer beschissenen Nacht voller Getrappel, Rangelei und Stampfen wachte ich mit einer Ladung Hass in den Tränensäcken auf und schälte mich aus dem Bett. Die Winterluft im Zimmer umarmte mich scharf wie ein nasses Laken. Wieso ist es so still, dachte ich und brüllte belustigt: »Tommi L, hast du sie umgebracht?« Lachend ging ich hinunter.

Da sah ich das Chaos. Ich folgte einer Spur der Verwüstung in die Küche. Die Wahnsinnige hatte alles, aber auch alles durcheinandergeworfen. Den Inhalt jedes Schrankes auf den Boden gekippt, alles auf Haufen geschmissen und durchwühlt. Die Küche sah wieder aus wie in unseren schlimmsten Zeiten. Tommi L saß müde und irgendwie schuldbewusst am Tisch und umklammerte einen Becher Kaffee. Er fing an zu reden, ohne dass ich etwas gesagt hatte: »Ich hab es halt nicht mehr ausgehalten. Sie hat alles verwüstet.« Er zuckte mit den Schultern. »Und dann habe ich sie gepackt und in den Keller gesperrt. Ich werd dann ganz verrückt, wenn man mich nicht schlafen lässt. Sie ist komplett durchgedreht, Nik. Hat gekreischt.«

»Und jetzt?«, hakte ich ungeduldig nach.

»Weg. Irgendwann wurde es still, und ich bin eingepennt. Aber sie muss irgendwie rausgekommen sein, das Wiesel. Hat hier alles durcheinandergebracht und ist abgehauen.« Er machte eine Pause und sah mich an: »Nik, eine von den Taschen fehlt!«

Ein eiskalter Schreck durchfuhr mich. Eine von den Taschen war weg? Eine von den schweren, wertvollen Taschen, die ich so sorgfältig vor ihrer ungeduldigen, gefährlichen Gier versteckt hatte?

»Wo hast du sie hingesperrt?«, fragte ich Tommi L und ahnte die Antwort schon.

»In den Heizungskeller, in den einen Tank rein!«

Genau. Genau in einen der beiden Tanks, in denen ich die Taschen mit den Juwelen versteckt hatte; eine Tasche pro Tank. Ich rannte in den Keller, hastete die Treppen hinunter, die Tür flog auf, der Tankdeckel: Ja, dadrin war es leer, zu leer. Nichts außer gelblichem, schmutzigem Licht, das hartnäckig durch die runde Plastikwand schimmerte. Ich sank auf den Boden und verbarg meinen Kopf in den Händen. Scheiße ... Da hörte ich Tommi L herunterkommen. Er stand wohl eine Weile betreten da, dann beugte er sich durch die Öffnung und legte mir unbeholfen eine Hand auf die Schulter.

»Nicht traurig sein, Nik. Wir haben ja noch die andere Tasche. Außerdem hab ich eine Idee, wo sie hingelaufen sein könnte.«

Immerhin. Ich sprang auf und kletterte aus dem Tank. »Wohin, Tommi, wohin?«

Ich riss meine Jacke vom Haken, warf sie mir über, und los. Tommi L vorneweg. Die Kälte draußen traf uns wie ein Faustschlag, aber wir merkten es kaum. Durch den Schneematsch, zum Auto.

Als wir in dem Polo sitzen und vom Hof brettern, sehe ich aus den Augenwinkeln noch etwas Seltsames. Ein vergessenes Licht brennt in einem vergessenen Fenster.

Das kann doch nicht sein! Der Polo schlingert die Straßen entlang, hält sich mühsam in den Kurven, klettert verbissen den Berg hinauf, wieder hinab, rast durch die Dörfer, schießt viel zu schnell über das Ortsschild in die Stadt hinein und wieder hinaus. Jetzt erst werden wir ruhiger.

»Wenn das stimmt, was du sagst, müssen wir uns beeilen«, denke ich laut, »dann müssen wir da sein, bevor die Leute kommen.«

»Ey, Französin, du Arschloch! Gib mir die Tasche, o. k.? Gib sie mir!«, rief ich.

Tommi L machte Grunzlaute und lockte sie mit dem Finger wie einen Hund: »Koooomm, koooooomm!«

Es war kein Problem gewesen, sie zu finden. Noch ehe wir über das Drehkreuz geklettert waren, hatten wir sie gehört. Das war krass gewesen. Haben ihre Stimme nicht mehr erkannt. Sie war komplett heiser geschrien. Lief wie eine Verrückte im Dickicht umher und brüllte wie eine Mutter, die ihr Sechsjähriges unter einem Laster vorzieht. Wir verstanden sie nicht mehr, aber das war auch nicht nötig. Verzweiflung war der einzige Inhalt. Dann war es kurz still, und alle horchten auf im Raubkatzenasyl. Die ganzen alten, illegalen Viecher, die neugierig an ihre Gitter gekommen waren, Tommi L und ich. Dann fing es in einer andern Lage wieder an: Jetzt rief sie hohe, irre Schreie. So was hatte ich noch nie gehört. Es klang jedenfalls nach jemandem, der ernsthafte Probleme hat.

Wir hasteten über die weiß verkrusteten Wege, bis wir sie am Freigehege fanden. Sie lief zwischen der Holzabsperrung und dem Gehegezaun auf dem Rasen hin und her und gestikulierte dabei wild vor sich hin. Tommi L blieb stehen, als er sie sah. Es schien, als hätte man ihr Gesicht hundertmal auf Folie kopiert und unachtsam übereinandergeschoben. Nicht mehr sie selbst. Gruselig. Und dann den Mund auf und diese hohen Rufe heraus. Wir standen ne Weile da wie festgefroren.

Das ist seltsam, früher war die Französin wochenlang ganz normal gewesen. Gut, immer still. Und ein bisschen verwirrt. Aber das hier war, wie wenn man ein glückliches Bild überkritzelt. Richtig hässlich. Mit Lauri hatte sie sich früher sogar unterhalten, richtige Sätze, meine ich. Ich erinnere mich noch, wie wir, sie und ich, mal Tommi L verarscht haben. Tommi L stand auf einmal auf Tattoos. Überall lagen diese Zeitschriften rum, und er trug nur noch ärmellose Oberteile. Als er sich eines Abends ganz besonders wichtig gemacht hatte, wollten wir eine Wette abschließen, wer ihm das peinlichste Tattoo aufschwatzen könnte. Mein Favorit war ein von ihm selbst verfasstes Gedicht auf seinem Bizeps. Die Französin schlug eine Pusteblume auf seinem Schwanz vor. Wir einigten uns dann auf ein Arschgeweih auf seiner Stirn, machten ihn betrunken und zerrten ihn in die Stadt. Aber der Tätowierer hatte Mitleid mit ihm.

»Französin! Komm her, ich geb dir Alkohol, ja?«, versuchte ich es noch mal.

Aber es war nicht an sie ranzukommen. Ihre Augen schielten wie durch eine Maske auf zwei Menschen, die sie nicht mehr erkannte. Sie fing sofort wieder an zu brüllen. Presste ihre kaputt geschriene Stimme durch ihren geschwollenen Hals und hob abwehrend die Arme.

»Da stimmt doch was nicht«, sagte nun Tommi L zögerlich.

»Ach was! Pack sie ein. Wickel sie in deine Jacke und ab ins Auto, Mensch. Die braucht einfach ne Riesendosis Ethanol.«

»Wieso meine Jacke!«, rief Tommi L unwillig.

»Weil die größer ist als meine. Los jetzt.«

Tommi L ging auf die bebende, hechelnde Gestalt zu, die Jacke vor sich in den Händen wie ein Fischernetz.

Sie ließ ihn ganz nah rankommen. Aber dann stob sie plötzlich zur anderen Seite weg. So schnell konnten wir gar nicht gucken. Jetzt drückte sie sich an den Gehegezaun und sah uns feindselig an.

»He! Wir sind's, Tommi und ich! Wir bringen dich heim, ja?«, rief ich ihr mit samtweicher Stimme zu.

Sie zögerte. Dachte nach.

»Komm, Mädchen, du musst dich ausruhen, wir bringen dich heim!«, machte ich weiter und gab Tommi L hinter dem Rücken einen heimlichen Wink. Wir mussten die Furie einfangen und an die Tasche rankommen. Während ich weiter beruhigend auf sie einredete und Annehmlichkeiten erfand, die sie angeblich zu Hause erwarten würden, schlichen wir näher heran.

»Da nimmst du ein heißes Bad«, lockte Tommi L und machte einen Schritt.

»Und trinkst einen Kakao«, sagte ich und näherte mich.

»Wenn du mitkommst«, bot Tommi L nun an.

Und dann stürzen wir auf sie drauf.

»Dann kriegst du eine schimmelige Decke in deinen Tank, du Bestie!«, rief ich und versuchte ihre rudernden Arme zu erwischen.

Aber vergebens, sie war glitschig wie ein Fisch, schlug um sich, trat, kratzte, spuckte, schrie, wich zurück. Atemlos standen wir um sie herum und machten erst mal Pause. Was für eine unglaubliche Kraft hat die, dachte ich und stützte meine Arme auf den Knien ab.

»Bitte, bitte, sei doch wieder normal!«, jammerte Tommi L sie an.

Ich gab ihm ein Zeichen, und wir zogen uns zurück. Das entspannte die Französin ein wenig. Wir setzten uns ins Gras und wollten eben eine neue Taktik besprechen, als sie seelenruhig ein paar Schritte auf dem Rasen machte, aufsah, die Tasche schwenkte und sie dann in einem eleganten, vollendeten Bogen über den Zaun fliegen ließ.

»Nein!« und »Scheiße« riefen wir und sprangen auf. Tommi L und ich stürzten zum Zaun, als ob wir da noch irgendetwas hätten machen können. Scheiße. Da lag sie, die pralle Tasche, und glänzte im Tau, mitten im Gehege.

»Sind da Löwen drin?«, fragte mich Tommi L. Wir hasteten zu der Infotafel an der Holzabsperrung.

»Ne, Anubis. Ein Luchs«, sagte ich und ließ alle Hoffnung fahren.

»Ach, nur ne Katze!«, rief Tommi L und sprang in den Zaun.

»Tommi, komm runter! Der Luchs macht uns alle. Das ist es nicht wert, das hat keinen Sinn.« Ich ging hin und zog ihn an einem Hemdzipfel.

»Meinst du echt? Die Scheißkatze, ja? Wie groß ist so ein Luchs?«, fragte er und landete besorgt wieder neben mir auf dem Boden.

»So. Schau!«, sagte ich und deutete auf Anubis, die gekommen war, um zu versuchen, ob sie die Tasche vielleicht essen könnte.

Der Luchs war uns beiden unheimlich, und wir standen kurz herum und sahen uns nach allen Seiten um, als gäbe es da irgendwas zu entdecken. Gab es auch. Einige Meter weiter, wo das Gelände eine Biegung machte, erreichte soeben die Französin die Spitze des Zaunes, schwang sich hinüber und schob ihre schlanken Finger und bloßen Füße auf der anderen Seite zentimeterweise hinab. Keine drei Sekunden später war ich da. Ich schrie, versuchte sie festzuhalten, aufzuhalten, hochzuscheuchen, aber sie achtete gar nicht auf mich. Sie lächelte nur und hatte wieder etwas Echtes, Bekanntes in den Augen. Ich fiel am Fuße des Zaunes ins Gras und kämpfte mit meinen Händen, die sich auf mein Gesicht pressen wollten. Ich wollte nicht mehr aufstehen. Ich wollte nicht hinsehen. Ich wollte nicht schuld sein. In diesem Moment wollte ich einfach nur weg sein.

Tommi L schrie. Die Französin ging barfuß auf die Tasche zu. Wo war der Luchs? Ich sah ihn nicht, sah nicht genau hin, weil er dann vielleicht gar nicht da wäre. Nicht da wäre, wenn ich ihn übersähe. Die bleiche Gestalt schwebte zu der Stelle wie ein seliger Geist, wie ein verwester Hippie in einer absurden, verdrehten Welt. Die Sonne ging auf und strich ein Glitzern über den Reif auf dem Gras. Der Horizont brannte, Tommi L tanzte einen seltsamen, schwerfälligen, zappelnden Tanz auf der anderen Seite des Geheges, und ich lag da und fühlte die Kälte durch meine Jacke sickern und sich wie ein langer Fingernagel in die zarte Haut meiner Luftröhre bohren.

Ein Schrei ertönte, und die Französin fiel um. Ein kurzes Fauchen, ein Gurgeln. Ein schreckliches, schnelles Gewusel über der weißen Gestalt, die nur die Hände hochreckte. Als läge sie nur da und streckte ihre Arme der Sonne entgegen, als schwenkte einer zum Spaß kurz einen alten Pelzmantel über ihr. Dann verschwand die Raubkatze. Die Französin blieb liegen. Tommi L drückte sein Gesicht durchs Gitter und regte sich nicht.

Ich sprang auf und musste sofort etwas tun. Laufen, regeln, rufen, planen – egal, was. Nur nicht die Eisenklammer spüren, die da im Gras liegen geblieben war, die drohend auf einen einzigen unachtsamen Moment wartete, in der sie hervorspringen und mich umklammern könnte. Um mich zu zerquetschen und zu ersticken.

»Los! Schauen wir mal nach, ob sie noch lebt!«, rief ich und war entsetzt über den harten Klang meiner Stimme.

Tommi L drehte mir das Gesicht zu und sah mich stumpf und mit Tränen in den Augen an. Dann schüttelte er nur den Kopf und wandte sich ab. Nicht abwenden!, kam es in mir hoch. Sieh mich an, rede mit mir!, bettelte es in mir. Ich hatte etwas Schlimmes getan. Ich war in eine Folterkammer gelaufen und hatte die Tür hinter mir zugeschlagen. In meinen Füßen entstand ein Drang, ein Tippeln und Kitzeln. Laufen. Ich musste laufen, weglaufen, damit diese Welle der bitterbleichen Erkenntnis nicht mein Bewusstsein erreichte. Ohne zu überlegen nahm ich den gleichen Weg wie die Französin. Es war Irrsinn, das war klar, aber ich maß nicht mehr mit dem Maß der Vernunft. Ich maß mit Schuld. Zehn Sekunden, und ich war über den Zaun, immer das Gelände genau im Auge, dann die kitzeligen Meter bis zur Tasche.

Ich packe sie, schleudere sie über den Zaun, viel weiter und höher als nötig. Da packt mich die Panik. Blind und wie wahnsinnig sprinte ich zum Zaun, springe, erreiche fast die Oberkante mit diesem unmöglichen Sprung, ziehe mich hoch, ohne auf den Schmerz in meinen Fingern zu achten. Über den Zaun, hinunter – dann sitze ich auf dem Rasen und höre mein Herz im Hals pochen. Meine ganze Kraft ist verbraucht. Mir ist dunkel vor Augen, und ich will auch gar nichts sehen, senke den Kopf.

Nach ein paar schnappenden Atemzügen zupft mich Tommi L am Arm. Er hat die Tasche in der Hand: »Da kommen jetzt Leute, Nik!«, flüstert er eindringlich. Ich kann nicht aufstehen.

Zum ersten Mal, seit ich aus dem Heim bin, denke ich ans Aufgeben. Aufhören zu fliehen, aufhören wegzulaufen, aufhören stark zu sein. Aufhören, ein Aussätziger zu sein. Der Gedanke, ich könnte mich irgendwo hinein ergeben, in ein Zuhause, das mich zwar straft und züchtigt, das mich aber wieder an meinen Platz stellt, in die Ordnung einfügt, auch wenn ich ihre Gnade verwirkt habe, erscheint mir einen Moment lang verlockend. Aber was für ein Unsinn! Nik, es gibt keine Ordnung. Es gibt kein Zuhause, es gibt keine gerechte Strafe, die du wie ein Mann trägst, weil sie dich reinwäscht. All das gibt es nicht. Nicht hier. Es gibt nur dich. Es gibt, was du tust. Es gibt die anderen, die sich zu einem feigen Haufen verklumpt haben, in dem Integrität und Unabhängigkeit nicht mehr existieren. *Es gibt keine Ordnung.* Es gibt den Tod, und der ist gut, denke ich.

Ich stehe auf. Tommi L ist nicht mehr zu sehen. Ich drehe mich um und zwinge mich, auf die Gestalt im Gras zu blicken. Schlaff ist sie, wie eine undichte Luftmatratze. Ich gehe auf sie zu und hebe die Arme zum Gruß.

»Du warst ein Teil von uns, Baby!«, singe ich in irrer Intonation, »jetzt bist du tot. Und das ist das Einzige, an dem sich nichts ändern lässt. Du hast sie alle drangekriegt. Du bist sicher vor den Schwänzen, die dich einsperren, vergewaltigen, therapieren, internieren und ausgrenzen wollen! Viel Spaß!«

Und dann gehe ich weg, gehe die verlassenen Wege an all den beschlagnahmten und vergreisten Katzen entlang und muss lächeln, wenn ich an das Gesicht der Französin denke, kurz bevor es passiert ist. Es ist zwar ein unsicheres Lächeln, das ich auf meinen Lippen balanciere wie einen Löffel auf der Nasenspitze, aber immerhin ein Lächeln. Vorne klopfe ich an die Scheibe. Da sitzt ein Typ an einem Schalter und richtet sich gerade ein.

»Schau mal ins Freigehege! Ich glaub, da ist ein Unfall passiert!«, rufe ich durch das dicke Glas, aber er versteht mich nicht.

»Freigehege! Krankenwagen!«, schreie ich und deute in die Richtung. Als er endlich reagiert und aufsteht, verlasse ich das Gelände und schlendere auf den Parkplatz. Der Tag hat endlich sein ganzes trübes Licht ausgegossen. Ich sehe mich um. Tommi L, das Auto und die Tasche sind weg.

Allein

Ich habe den ganzen Vormittag gebraucht, um zurück nach Hause zu kommen. Da hatte ich viel Zeit, um nachzudenken. Ich dachte an Spanien. Und verwarf es wieder. An Sardinien. Auch nicht das Richtige. Italien – zu nah. Tschechien – zu unsicher. Irgendwann, unbemerkt, wich die Kühle aus mir, und mit ihr die Gedanken ans Fortgehen, an die Perlen und an eine Zukunft als jemand anders. In meinem Kopf gingen sie alle reihum: Tommi L. Ich erinnerte mich an die Sache im Baumarkt. An das Spiegelei, das er sich selbst hatte braten müssen. Und konnte nur den Kopf schütteln. Dann Lauri. Ihr Gesicht, ihre Augen. Stellte mir vor, wie sie dasteht, in Lederjacke, Strumpfhosen und Stiefeln, und wie sie mich von unten schief anschaut. Das tat zwar weh, aber ich freute mich, weil ich wenigstens wusste, sie lebt. An Gabriel verschwendete ich keinen Gedanken. Die Französin. War sie eigentlich ein schönes Mädchen gewesen? Ich weiß es gar nicht. Hatte mich schon so an diesen Anblick gewöhnt: Augenringe, Zittern, abwesendes Lächeln, stumpfe Haare. Nein, schön war sie wohl nicht gewesen, eigentlich eher ein Monster. Ich versuchte mir vorzustellen, wie sie wohl als Kind ausgesehen hatte. Aber das funktionierte nicht. Ich musste immer wieder kichern, wenn ich an ihr vergnügtes Gesicht während des Vogelgenozids dachte.

Tommi L war hoffentlich nach Hause gefahren und wartete da auf mich. Oder hatte er die Nerven verloren? Aber warum? Wohl, weil ich ein wenig erschöpft war vom Laufen, malte ich mir aus, wie das wäre, wenn

Tommi L heimlich in die Französin verliebt gewesen wäre. Einmal streckte ich meinen Daumen raus, aber als ich mich umdrehte, sah ich, dass der Wagen, der vorbeibrauste, ein Krankenwagen war. Ich winkte ihm nach, bis er hinter dem nächsten Hügel weit vor mir auf der Straße verschwand.

Irgendwann erreichte ich den Hof. Er war so einsam und leer, man merkte ihm die Verlassenheit deutlich an. Er wirkte wie eine alte Frau auf einer Beerdigung. Irgendwie gefasst, weil sie das Leid schon so gut kennt, aber doch müde und traurig. Ich stieß die Tür auf. Innen war es kalt, als wär alles Glas aus den Fenstern geplatzt. Das Licht schien schief und fahl hinein und betupfte den staubigen Tisch, die umgeworfene Tasse, den grauen Boden, auf dem sich eine Pfütze gehalten hatte. Ich sah mich achtlos um. Dann schloss ich die Tür hinter mir, stieg in den Keller und kletterte auf den Tank. Als ich den Deckel anhob, und er krächzte, als wollte er mir etwas zuflüstern, brach ich zusammen. Fing an zu heulen. Ich ließ mich ein paar Minuten so, hing auf der runden Wölbung wie auf dem fetten Bauch einer riesigen Mama und machte mit meinen Tränen ein Rinnsal hinunter auf den Kellerboden. Als das fertig war, schlüpfte ich in die schmale Öffnung und hievte die verbliebene zweite Tasche aus dem Tank. Mit ihr ging ich nach oben. Einen Gang durch die Zimmer zum Abschied wollte ich mir sparen. Also atmete ich noch einmal tief durch, schulterte die Tasche, trat zur Tür und stieß sie auf.

Und da standen sie. Mit fettigen Haaren und nach billigem Duschgel riechend. Meine beiden Freunde von der örtlichen Polizei. Einen Moment lang starre ich sie nur an, unfähig, irgendwie zu reagieren. Starre in ihre hohlen, unwissenden Gesichter.

»Packen Sie Ihre Sachen und kommen Sie bitte mit«, sagt nun der Ungepflegte zu mir. Der Schicke lehnt sich an den Türrahmen.

»Ich hab schon gepackt«, sage ich, wuchte den beiden erstaunten Bullen die Tasche ins Gesicht, und dann renne ich los. Mitten zwischen ihnen durch. Ich renne, renne und renne. Ich renne um mein Leben.

Epilog. Oder:
Für wie blöd hältst du mich eigentlich?

Auf dem Friedhof, auf dem ich mich verkrochen hatte, hat er mich dann gefunden. Im Dreck lag ich, in der Stille eines Grabes. »Bartolomeus Brant« hieß der arme tote Teufel, das weiß ich noch genau. Ich war nass und zitterte vor Kälte und Furcht. Er kam ganz leise, legte mir seine Hand auf die Schulter und drückte mich mit eisernem Griff hinunter in die schwere, trostlose Erde. Gabriel.

Er kniete sich hin und lächelte mir ins Gesicht. »Hab ich dich«, sagte er.

Nachdem ich den Schock überwunden hatte, brach es aus mir heraus. Ich schüttelte seine Hand ab und sagte: »Ich hab dich vollkommen überschätzt, du selbstgerechtes Schwein. Ich dachte wirklich, du hältst dein Maul für Lauri und die anderen. War es wegen dem Tod deines Hungerleiderfreundes? Hattest du da keine Lust mehr, Lauri zu beschützen, und hast dein Maul aufgemacht?«

Gabriel sagte nichts. Hatte ich etwa ins Schwarze getroffen?

»Dazu später!«, antwortete er nur sanft. »Komm mit!«

Er schleppte mich vom Friedhof weg. Den ganzen Weg zurück zum Haus. Die Bullen waren abgezogen, aber Gabriel im Nacken zu haben erschien mir jetzt weitaus schlimmer. Gabriel und das Kupferrohr in seiner Hand, wie er hinter mir herging. Wie war es möglich, dass er hier war? Das konnte doch nicht sein! Gabriel auf dem Friedhof, wie ein böser Engel aus einer anderen Welt – Aus welchem Grab bist du rausgespuckt worden, du Teufel?

Auf dem Hof fiel mir das Fenster wieder ein, das erleuchtete Fenster von heute Morgen. War Gabi hier gewesen? Schon heute Nacht? Hatte er in seinen Sachen gewühlt; die Französin gesehen, sie verfolgt? Plötzlich dachte ich an Tommi L! Wie er in der Früh am Tisch saß und es nicht schaffte, mir einmal gerade in die Augen zu sehen. Ist er Gabi begegnet und deshalb verschwunden?

Die Tür stand noch offen. Wir gingen hinein.

»Dieses Haus, Nik, ist wie ein Adventskalender«, resümierte Gabi in aller Seelenruhe, »jeden Tag macht man eine Tür auf und freut sich auf die Überraschung. Und jeden Tag ist hinter der Tür nur ein weiteres verwaistes Zimmer. Heute ist deines dran.«

Er stößt mich sanft, aber bestimmt, die Treppen hinauf.

»Was willst du damit sagen!«, flüstere ich, meine Stimme klingt nicht so fest, wie ich es mir gewünscht hätte. Ich hatte es verdammt eilig, wegzukommen; die Bullen, die jederzeit wieder auftauchen konnten, das Kupferrohr im Nacken. Aber ich vermute, Abreisen ist nicht das, was Gabi meint.

Wir sind in meinem Zimmer, wo Gabi sich setzt. Das Rohr legt er vor sich auf den Tisch, ein kleiner Glanz spielt darauf.

»Wo haben sie eigentlich Sonja hingebracht? Nach Marienberg?«, fragt mich Gabi auf einmal. Sein Lächeln hat alle Zeit der Welt, während er mit seinen Fingern das kühle Rohr umspielt.

»Verdammt, Ronja! Das war überhaupt *deine* Schuld, Gabriel!«, verteidige ich mich verzweifelt.

»Pack deine Sachen, du Nichtsnutz. Und lass mich nicht warten!«

Damit stand er auf und stellte sich neben die Tür. Ich hob langsam meinen Seesack auf, der unter dem Bett gelegen hatte. Der Staub meiner ersten Tage hier war darauf. Ich stopfte ihn halb voll, ohne auch nur einen klaren Gedanken fassen zu können. Dann hielt ich inne: »Verdammt noch mal, Gabriel! Verrate mir, wie du davongekommen bist!«

»Erzähle ich dir im Auto«, sagte er zwischen zwei blitzenden Zahnreihen hindurch.

Das Kupferrohr verlieh seinen Worten Nachdruck, ich nahm den schlaffen Seesack in die Hand und ging Gabi voran die Treppe hinunter und aus dem Haus. Gabriel öffnete mir die Fahrertür, und ich stieg in den Wagen, der gelassen im Hof stand, als wäre nie etwas gewesen.

»Wie bist du rausgekommen, Gabriel?«, wiederholte ich die Frage zischend.

Und da beugte er sich zu mir, schüttelte den Kopf und fragte: »Für wie blöd hältst du mich eigentlich, Nik?«

Dann fing er an zu erzählen: »Ich war nie im Knast, Nik. Und ich bin auch nicht in deine Falle getappt.«

Plötzlich wurde er heiser, während er weitersprach: »Ich habe euch gesehen. Ich habe euch im Auto ficken sehen. Und Tommi L habe ich gesehen, wie er euer Werkzeug entsorgt hat. Ich bin ihm nach. Hab eure Taschen wieder aus dem Gebüsch gezogen und vor den Juwelier gelegt. Ich vermute, vor allem auf den Bierflaschen sind brauchbare Abdrücke von dir, mein Sohn.«

Ich sah Gabriel entgeistert an.

»Du hast die ganze Zeit einfach gewartet?«, rief ich leise. Etwas Besseres fiel mir nicht ein. Ich war schachmatt.

»Und was hast du jetzt mit mir vor?«, fragte ich ihn, und ich muss zugeben, in diesem Moment hatte ich Angst.

»Was ich mit dir vorhabe?«, sagte er langsam, griff unters Lenkrad und startete den Wagen.

»Fahr los, Nik!«, sagte er. »Fahr los.«

»Wohin?«, wollte ich wissen.

Und dann sagte er es mir. Und es kam aus der Mitte seines rabenschwarzen Herzens: »Wir fahren zusammen los, Nik. Lauri abholen. Dann befreien wir Sonja aus dem Heim und entführen sie. Und dann treffen wir Tommi L in Karlsbad. Tommi und die Perlen. Und weißt du was? Du wirst bei mir bleiben. Du wirst bei mir bleiben. Und von heute an tust du genau das, was ich dir sage. Ansonsten liefere ich dich der Polizei aus. Das wird schön, mein Lieber.« Und er fügte noch hinzu: »Du wirst sehen, aus dir wird noch ein richtig nützliches Mitglied der menschlichen Gesellschaft.« Dann grinste er, und wir fuhren los.

»Ach ja, im Handschuhfach ist ein Bier für dich«, sagte er noch.

Es war warm.

Abgründe eines Jahrhunderts

Martin von Arndt
Tage der Nemesis
Roman, Hardcover, 309 Seiten
978-3-86913-424-6 · € 18,90

Als die noch junge Weimarer Demokratie an einem kalten Märztag von einem politischen Attentat erschüttert wird, sieht sich der vom Ersten Weltkrieg gezeichnete Kommissar Andreas Eckart mit einer Vielzahl von Problemen konfrontiert. Nicht nur scheint eine armenische Organisation mit dem Namen »Operation Nemesis« Jagd auf ehemalige türkische Staatsmänner zu machen, die 1915 den Völkermord an den Armeniern befahlen, auch der aufkommende Faschismus zeigt sich allerorten – und das deutsche Auswärtige Amt spielt ein falsches Spiel. Als weitere politische Morde geschehen, führen die Ermittlungen Eckart bis nach Rom, wo er Zeuge des Aufstiegs Mussolinis wird. Gemeinsam mit seinem treuen Kollegen Rosenberg und einem ordentlichen Schuss Schnodderigkeit versucht er Licht ins Dunkel zu bringen und weitere Attentate zu vermeiden …

»*Tage der Nemesis* ist ein genialer Mix, ist Doku-Fiction, skandalöse Enthüllungsstory, Politthriller mit psychologischem Tiefgang. Einfach beste Unterhaltung.« *SWR1*

Geschwister der Nacht

Thomas Palzer
Nachtwärts
Roman, Hardcover, 320 Seiten
978-3-86913-412-3 · € 18,90

Die Geschwister Laurens und Finn hassen ihren Vater, einen millionenschweren Hamburger Reeder. Sie geben ihm die Schuld daran, dass die Mutter die Familie verlassen hat, und nennen ihn nur den »Feind«. In den Weihnachtsferien wollen die beiden eigentlich die geliebte Tante in Paris besuchen, um ihm zu entfliehen. Doch sie steigen versehentlich in den falschen Zug, der sich wenig später als Leerfahrt herausstellt. Auf dem Weg durch die Nacht spielen Bruder und Schwester mit dem Gedanken, sich selbst zu entführen, und gewinnen in einem anderen blinden Passagier einen Komplizen. Der »Prinz«, wie sich der Hochstapler nennt, ist als Drogenkurier unterwegs. Das Trio reist nach Wien und schickt eine Lösegeldforderung an den »Feind«. Als sich Finn jedoch in den »Prinzen« verliebt, sieht Laurens das enge Band zur Schwester in Gefahr. Dann trifft der »Feind« zur Geldübergabe in Wien ein … Die poetisch-klaustrophobische Geschichte einer jugendlichen Separatwelt und einer Reise in die Nacht.

Platz 2 der SWR-Bestsellerliste im Juni 2014